KB020037

로크미디어가
유혹하는
재미있는 세상

달빛
조각사

달빛 조각사 45

2014년 12월 26일 초판 1쇄 인쇄
2014년 12월 31일 초판 1쇄 발행

지은이 남희성
발행인 이종주

기획 팀 이주현 이기헌
책임 편집 이세종

발행처 (주)로크미디어
출판등록 2003년 3월 24일
주소 서울시 용산구 원효로97길 46 5층
Tel (02)3273-5135 Fax (02)3273-5134
홈페이지 rokmedia.com E-mail rokmedia@empas.com

값 8,000원

ISBN 979-11-255-6287-0 (45권)
ISBN 978-89-5857-902-1 04810 (세트)

달빛 조각사 45

남희성 게임 판타지 소설

로크미디어

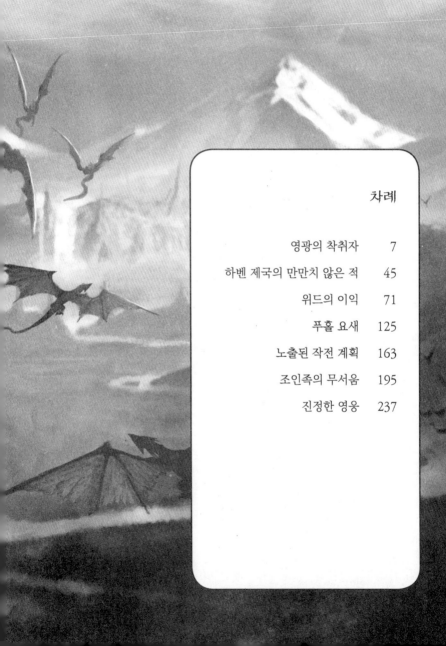

차례

영광의 착취자

아르펜 왕국의 도시와 마을은 사람으로 가득 차기 시작했
다.

"1시간 동안 죽은 사람만 300명이 넘어."

"동쪽 이동로는?"

"막혔어. 밤나무 숲 인근 마을은 전부 폐허로 변했고."

성문을 빠져나가서 마을이 보이지 않을 거리쯤에 이르면
하벤 제국의 살인귀 부대나 헤르메스 길드 유저들이 습격해
왔다.

어느 곳이든 안전한 장소가 없었다.

지키는 병사들이 없으면 성문 앞까지도 와서 아르펜 왕국
의 유저들을 공격했다.

"이런 나쁜 놈들."

"레벨 15짜리도 죽였대. 아예 사람을 안 가려."

레벨이 100에도 이르지 못하는 초보 유저들이 떼죽음을 당했다.

"여러분, 걱정하지 마십시오. 악당 데드론이 적들을 쫓아낼 것입니다."

"행운의 검사 카론도 같이 갈 겁니다. 1시간 내로 물리치고 돌아오지요."

도시에서 제법 강하다고 인정받은 유저들이 길을 뚫겠다고 성문 밖으로 나섰지만 역시 목숨을 빼앗겼다.

암살자, 레인저, 기사, 마법사 등.

베르사 대륙에서 최강의 유저들이 모여 있는 헤르메스 길드에서는 지원자를 받아 무려 2만 명이나 침투시켰다.

넓은 영토를 다스리는 아르펜 왕국은 마을과 마을 사이의 공백이 넓었고, 딱히 높고 튼튼한 성벽이 구분을 하고 있지도 않았다.

하벤 제국의 군대와 헤르메스 길드의 유저들이 침투해서 날뛰더라도 속수무책이었던 것이다.

수천 개의 무리로 나뉘어서 게릴라전을 펼쳤기에 그 위험성은 끝도 없이 커져 갔다.

북부 유저들은 이동과 사냥의 자유를 빼앗겼으며, 방어가 허술하다고 판단되면 마을이고 도시고 어김없이 침략을 받았다.

헤르메스 길드의 적극적인 습격과 파괴 공작에 의하여 베르사 대륙의 북부 전체가 마비되었다.

딱 사흘!

아르펜 왕국의 국력 3%가 날아가는 데 들어간 시간이었다.

대도시와 성 그리고 산속의 아주 작은 마을들을 제외한 수많은 지역이 표적이 되었다.

번듯한 마을이 적고 주민들이 부족한 아르펜 왕국으로서는 중대한 피해였다.

처음으로 중앙 대륙처럼 주민의 인구가 감소하고 있었던 것이다.

"우리 이제 어떻게 하냐? 앉아서 죽을 수는 없잖아."

"모라타로 가면 괜찮을 텐데……."

"거기까지 가려면 열 번은 습격을 당할걸."

"다수가 모여서 단체로 이동한다면?"

"우리 목숨이야 건지겠지만 남겨진 사람들은 죽을 거야. 그리고 이 마을도 우리가 떠나고 나면 부서져 버릴 테고."

"이러든 저러든 절망적이구나."

이틀이 지났을 무렵부터는 작은 마을마다 유저들이 모여서 웅성거렸지만 해결책을 찾지 못했다.

레벨 400대 이상의 강자들이 모여서 침략자들을 찾으려고 하면 나타나지 않고 숨어 버렸다가, 귀신같이 나타나 다른 약자들의 무리를 공격했다.

몇몇 헤르메스 길드 유저들이 습격 도중에 격퇴되어 죽었다는 이야기도 간혹 들려오긴 했지만, 그런 경우란 극히 드물었다.

마을마다 유저들이 머리를 맞대고 토론을 해 봐도 이 사태를 수습할 해결책이 나오지 않았다.

하벤 제국의 살인귀 병력 3만, 헤르메스 길드의 유저 2만 명이 게릴라전을 펼치고 있었으니 도시 밖은 온통 위험하게만 느껴졌다.

아르펜 왕국의 전면 마비 사태였다.

한편으로 모라타, 바르고 성채, 항구 바르나, 벤트 성, 새벽의 도시 등에는 북부 유저들이 엄청나게 모여들었다.

−하벤 제국의 북부 습격!
−미친 병사들과 헤르메스 길드의 유저들이 무차별 학살 중!

위드는 드래곤 라투아스를 위한 조각품을 마치고 나서 침략에 대한 소식을 들었다.

모든 방송국들이 이 사실을 속보로 전달하고 있었으며, 아는 사람들에게서도 속속 전해져 왔다.

　페일 : 큰일 났습니다. 헤르메스 길드가 쳐들어왔습니다.
　이리엔 : 어떻게 해요… 아흑.
　마판 : 돈벌이에 지장이 생겼습니다.
　제피 : 음… 최근에 여러 일들로 심려가 많으신 줄은 알고 있습니다만, 유린이 언제쯤 시간이 날까요?
　서윤 : 먼저 가서 죽이고 있을게요.
　유린 : 오빠 큰일 났다.
　로뮤나 : 위드 님, 제 실력 아시죠? 화염 마법으로 몇 명이나 한꺼번에 태울 수 있을 거 같아요?
　수르카 : 뼈마디를 부숴 놓을게요.

　정말 나쁜 놈들이라든가, 빌어먹고 썩을 놈들이라고 헤르메스 길드를 비난해야 마땅한 상황.
　그렇지만 헤르메스 길드의 움직임을 전달받고 나서도 위드는 당연하다는 듯 고개를 끄덕였다.
　"올 것이 왔구나!"
　중앙 대륙에서 활약을 하면서, 그들도 보복을 한다면서 비슷한 방법을 쓸 수 있을 거라는 염려는 했다.
　그러나 자신은 혼자서 활동했던 반면에 규모 면에서는 차이가 심하게 났다. 대규모 군대의 동원은 하벤 제국이 아니고서야 불가능했다.

"이게 영세 자영업자와 대기업의 차이지."

달걀을 하나 훔쳐서 까먹었더니 토종닭 수천 마리가 쫓아오는 스케일!

그러나 이런 방법이 아니더라도 어떻게든 아르펜 왕국을 죽이려고 하는 자들이었다.

"빚쟁이가 쫓아와도 도망갈 구멍은 있지. 너무 걱정할 필요는 없어."

위드는 긍정적으로 생각하기로 했다.

현실이 각박하다 보니 하벤 제국의 위협 따위는 오히려 간단하게 느껴지기도 했다.

인생을 밝히는 꼼수란 어디에나 있는 법.

위드는 라투아스의 레어에서 내려와서 기다리고 있던 마판을 만났다.

"현재 중앙 대륙의 정확한 상황은 어떻습니까?"

"그럭저럭입니다. 반란군은 그다지 실속을 거두지는 못했지만 제국에 자잘한 피해는 많이 입히고 있죠. 끈질기게 물고 늘어지고 있으니까 헤르메스 길드에서 원하는 만큼 수습되기는 힘들 겁니다."

"마판 상회는요?"

"암거래를 기반으로 해서 자리를 잡고 있는 중입니다. 중앙 대륙의 상권이 위축된 상태이기는 하지만 식량은 이럴 때

일수록 더 많이 필요로 하는 것이니까요."

마판 상회는 이 와중에도 밀무역으로 천문학적인 돈을 벌어들이고 있었다.

주민들은 치안이 불안정해지고 전쟁이 일어날 조짐이 보이면 식량을 마구 사들인다. 어쩌면 상식적이고 당연한 판단이라고 할 수 있었다.

중앙 대륙의 곡물 생산량은 매년 꾸준히 감소했다. 반란군이 들끓으면서 농민들이 제대로 농사를 짓지 못했으니 대륙적인 식량난이 일어날 가능성도 크다.

마판 상회에서는 이 기회를 노려서, 북부의 넘쳐 나는 농작물들을 해상운송으로 동대륙을 거쳐 중앙 대륙으로 수출했다.

위드의 사전 허락이 없었다면 절대로 불가능했을 일!

'식량난으로 중앙 대륙의 경제가 위축되면 그것도 좋은 일이지. 하지만 다 먹고살자고 하는 짓인데 장기적인 효과가 낮은 일에 매달릴 수는 없어.'

전 대륙적인 식량난이 일어나더라도 하벤 제국은 무너지지 않는다.

위드는 로열 로드에서 군사 제국의 성질에 대해서 잘 알고 있었다.

전쟁의 시대에 퀘스트를 하며 사막의 낙타 기병을 이끌고 중앙 대륙을 침략해 본 경험을 통해 깨달았다.

'군사력이 강하다는 건 어쩔 수 없이 큰 장점이다. 주민들의 반란이 집단으로 일어나더라도 쉽게 진압할 수 있지. 비정상적으로 강한 군사력이라면 어떤 도전도 힘으로 꺾을 수 있으니까.'

주민들이 굶더라도 최소한의 사냥을 할 수 있는 이상 유저들까지 굶주리는 경우는 벌어지지 않는다.

중앙 대륙의 주민들이 고통스러워할 테지만 정작 굶어 죽는 이들은 거의 없을 테고, 하벤 제국은 그런 시련을 버텨 낼 수 있다.

단지 주민들의 충성심이 낮아지고 경제력이 꾸준히 약화될 뿐이다.

위드가 세웠던 팔로스 제국이 그런 식으로 역사에 발자취만 남겨 놓고 무너지지 않았던가!

역사적으로 보면 짧은 83년의 지배였지만 현실에서 보자면 대단히 긴 기간이다.

위드는 그 틈을 이용해 마판과 손잡고 북부의 식량을 수출하며 막대한 부를 축적하고 있었다.

"다음으로 할 작업은 적극적인 매수입니다."

"매수요?"

"최근 하벤 제국에서는 기술자들의 인건비와 생산 시설 건물들 가격이 많이 하락했더군요."

"그야 정상적으로 운영이 되질 못하니까요."

"후후후, 지금이 기회입니다. 주민들을 노예로 삼아서 착취… 아니, 감언이설로 꾀어내 그들을 마구 부려 먹… 흠흠, 그들을 싼값에 고용하는 것이지요."

"그런 훌륭한 사업이라면 가진 자금을 쏟아붓겠습니다."

위드와 마판은 죽이 척척 맞았다.

평생을 두고 꿈꾸어 오던 땅 투기와 인재에 대한 투자!

하벤 제국의 바닥 경제를 장악한다면 이후에 얻을 수 있는 이점은 매우 많으리라.

위드는 훌륭한 정치인이라고 보기에는 의구심이 많았지만 이런 디테일만큼은 누구에게도 뒤지지 않았다.

어디서든 크고 작은 이권을 파악하여 호주머니를 채우는 능력!

그래도 마판 상회의 재력에는 한계가 있었다.

제국의 수도 부근은 위험도가 높아서 자유도시들과 다른 왕국 지역의 두 번째, 세 번째 도시들을 위주로 투자하기로 합의했다.

그때 마판이 물었다.

"아르펜 왕국으로 침투한 자들은 어떻게 하실 겁니까? 매일 손해가 엄청납니다만……. 상회 차원에서 마땅히 막을 수 있는 방법도 없고요."

마판 상회에서도 헤르메스 길드의 기습으로 무수한 피해를 입고 있었다.

목장이 박살 나고, 농장은 불태워졌다.

대도시에 있는 생산 시설들이야 무사했지만 북부를 번영하게 만들었던 상인들이 위험에 빠져 교역을 다닐 처지가 아니었다.

왕국 내부의 교역이 전면 중단되면 경제적인 손해도 손해지만 계속 지속되면 더 큰 문제다.

변방의 작은 마을들은 니플하임 제국의 몰락 이후로 다시 돌아가는 셈이었다.

아르펜 왕국의 영향력이 축소되면 변방 마을들은 독립할 여지도 있었다.

'어떤 방법으로 저 많은 놈들을 해치우는 게 가능하지?'

마판도 정말로 궁금했다.

과연 위드에게는 하벤 제국의 습격을 막을 숨겨진 전력이나 기발한 방법이 있을까?

'위드 님이라면 회심의 계책 같은 게 있을 만도 한데.'

자신만 아니라 아르펜 왕국의 유저들 전부가 궁금해하고 있을 것이다.

'위드 님은 머리가 뛰어난 분은 아니야. 그러나 남을 믿지 않고, 손해 보는 일은 절대 하지 않지. 밟혀도 그냥은 죽지 않는 게 위드 님의 능력이라고 할까. 지금의 상황도 극복할 수 있을 거야.'

상식선에서는 아무리 생각을 굴려 보더라도 영토 내에 침투한 5만 명이나 되는 병력을 해치우고 왕국을 보호할 수단은 떠오르지 않았다.

라페이가 전략가로 이름이 높다면 위드는 잔머리 하나로 험한 대륙에서 살아왔다.

위드는 라페이처럼 큰 그림은 그리지 못해도, 시시때때로 생겨나는 빈틈은 잘 노렸다. 특히 본인의 이득에 대해서는 놀라울 정도로 민감했다.

하벤 제국의 혼란을 틈타서 밀무역으로 한탕 하자는 제안을 최초로 했던 것 역시 위드였다.

밀무역에 필요한 자금도, 헤르메스 길드의 유저들을 처치해서 현지에서 조달하기까지 했다.

상인 마판으로서는 끝없이 존경하고 따를 수밖에 없는 대상이었다.

위드는 당연하다는 듯이 말했다.

"저 역시 그들을 당장 아무 피해도 없이 막을 방법은 없습니다."

"옛? 정말요?"

"애초에 허점을 정확하게 노린 것이니까요. 군사력이나 인구밀도가 낮은 아르펜 왕국으로서는, 피해 없이 막을 방법이란 없습니다."

마판이 목청을 드높였다.

"그러면 장기적으로 국가 멸망인데요! 아르펜 왕국에서 멀쩡할 건 모라타나 벤트 성, 바르고 성채뿐일 겁니다. 새벽의 도시도 제대로 지어지지 않을 것이고요.”

아르펜 왕국의 이름까지 지워질지도 모르는 대위기!

북부 대륙에 막대한 투자를 해 놓은 마판의 두툼한 볼살이 부르르 떨렸다.

‘그러나……’

마판은 방심하지 않았다.

위드가 어떤 인간이던가!

누가 3골드만 뺏어 갔어도 잠을 못 이룰 사람이다.

아르펜 왕국에 위기가 닥쳤는데도 이렇게 태연한 걸 보면, 그냥 당하고 있을 리가 없었다.

“완벽한 대책은 아니더라도 놈들을 물리칠 방법이 있으시군요?”

“물론입니다.”

“어떤… 제게 말해 주실 수 있나요?”

“후후후.”

위드는 낮게 웃은 후에 이야기했다.

“복잡할수록 간단히 생각해 보면 돼요. 산속에서 곰을 만나면 무섭죠. 근데 집에 들어온 곰은 곧 돈덩어리입니다.”

“예?”

“버릴 게 하나도 없다고 할까요. 피해야 좀 입겠지만… 뭐, 아르펜 왕국은 원래 부술 게 그렇게 많이 있는 것도 아니었으니까요."

마판이 머리를 긁적였다.

자신이나 가몽을 비롯한 상인들이 전면적인 교역을 바탕으로 북부 대륙을 융성하게 만들고 있었다.

그럼에도 아직 시작 단계에 불과하다.

마을의 생산력이 대대적으로 늘어나기보다는 주민들이 정착해서 살기 시작하는 정도의 시기였다.

아르펜 왕국의 영토가 북부 대륙의 전역으로 넓어졌다고 해도 마을 사이마다 비어 있는 땅 역시 너무나도 광활하다.

북부 대륙 전체가 아르펜 왕국이지만, 또 막상 영토라고 할 만한 도시는 적은 것이다.

상인들이기에 산간벽지까지 가서 간신히 교역로를 뚫기도 했다.

모라타나 도시들을 들어갈 수 없는 처지인 헤르메스 길드 유저들이 그런 곳까지 찾아다니기란 상당히 어려울 것이다.

광산이나 곡창지대를 파괴해도 뭐, 큰 타격까진 아니다.

광산은 인력이 부족하거나 교통망이 연결되지 않아 아직 개발하지 못한 곳이 넘쳐 나는 실정이었고, 곡창도 씨만 뿌려 놓은 곳들이 대다수였다.

베르사 대륙의 북부는 그동안 방치되어 있던 비옥한 평야를 이용하여 농사를 짓고 있었다.

몰락한 니플하임 제국으로 인한 이득이었는데, 수확량이

다소 줄어든다고 하더라도 식량은 여전히 넉넉했다.

"곰이 집에 피해를 입히겠지만, 결국 결말은 자신이 잡아 먹히는 것일 뿐이죠."

"그 말뜻은……."

"놈들은 저에게 착취당하고 말 겁니다."

확고한 착취 선언!

북부 대륙의 짧은 역사를 떠올리며 위드의 눈가가 촉촉해졌다.

"모라타가 커지면서 제 투자 액수가 많아지고 문화적인 영역이 전면 확대되면서 말입니다, 아르펜 왕국의 국왕으로 주민들을 착취할 수 있는 방법에 대한 연구를 하느라 거의 1달 간은 제대로 잠을 못 이뤘습니다."

"……!"

진정한 착취자는 미리부터 계획을 세우고 고민을 해야 마땅하다.

위드는 국왕으로서 진지한 고민에 빠졌었다.

길거리를 걸어가다가 넘어질 수는 있지만 착취의 기회가 찾아왔을 때 이를 놓치는 일은 절대 일어나서는 안 된다고 생각했다.

"세금을 높인다? 그러면 사람들이 싫어하겠죠. 여기저기서 바로 불만이 터져 나올 겁니다. 중앙 대륙이나 아르펜 왕국이나 별 차이가 없다면, 사람들이 얼마나 북부 대륙으로 올까요?"

아르펜 왕국의 차별화된 경쟁력은 역시 세금을 빼놓고 이야기하기란 불가능하다.

위드는 담담하게 계속 말을 이었다.

"한동안 세금을 높일 수는 없고, 이주민을 받아들이고 신규 유저들을 바탕으로 왕국을 성장시키려면… 에휴, 모두가 최선의 노력을 하더라도 앞으로 몇 년은 걸리게 되겠죠."

베르사 대륙의 북부에는 몇 가지 호재가 있었다.

프레야 교단의 축복이나 비옥한 땅, 니플하임 제국 이후로 흩어졌던 주민들.

그럼에도 처음부터 다시 시작하는 왕국이 다른 지역을 능가하는 번영을 하려면 긴 시간이 필요하다.

마판과 같은 상인들은 왕국의 초기부터 투자해서 이익을 거두고 있었으니 그들의 역할이 아주 중요하고 컸다.

"그렇다고 헤르메스 길드를 착취한다고요?"

"중앙 대륙에서야 사방이 적들이었으니 헤르메스 길드 유저들을 사냥하기가 위험하고 조심스러웠어요. 뭐, 겨우 얻은 큰 소득이 용기사 뮬 정도? 그만한 강자를 해치울 기회는 자주 생기기 어렵습니다. 하지만 북부 대륙에서 그들의 편이 되어 줄 사람은 드물어요. 지금 저지르고 있는 짓 때문에 더더욱이나요. 제 입장에서는 베르사 대륙의 북부에 흩어져 있는 녀석들을 추적해서 사냥하기가 좋죠. 왕국에 얼마간 피해를 입더라도요."

세상에 그 누가 헤르메스 길드를 착취의 대상으로 여길 수 있겠는가.

위드는 그들을 자신의 낮은 레벨을 빨리 올리고 전투 스킬들을 성장시키기 위한 먹잇감으로 보고 있었다.

사람들은 조각 생명체들의 진면목을 아직 잘 모른다.

헤르메스 길드원들이 인적이 뜸한 산과 들판에 숨어 있더라도 조각 생명체들에게는 금방 찾아낼 능력이 있었다.

지옥 개 켈베로스의 후각이나 황금새, 은새 등의 기동력과 넓은 시야를 이용해서 발견하면 해치우는 것은 금방이다.

조각 변신술을 써서 동료의 모습을 하고 다가갈 수도 있었으며, 시간 조각술이 있는 이상 웬만한 싸움쯤은 식은 죽 먹기였다.

더구나 그들은 모두 붉은색의 살인자 신분이기에 잡았을 때의 경험치나 전리품도 상당하다.

위드는 당분간 적극적으로 헤르메스 길드 사냥에만 나설 작정이었다.

"그래도 아르펜 왕국의 유저들이 피해를 입고 있는데요?"

"자고로 애들은 싸우면서 크는 법입니다."

"……."

"그래도 우린 별거 없으니까 좀 죽더라도 복구하면 되죠. 머릿수로만 피해를 계산하면 안 돼요. 초보자들 1,000명이 죽어 봐야 피해는 얼마 안 되잖습니까. 그리고 이건 제가 믿고 있는 마판 님에게만 말씀드리는 겁니다만……."

"네?"

"후후후, 북부 유저들이 죽으면서 장비를 잃어버리거나 손상이 가해지면 다시 구입을 하겠죠. 다른 친한 사람들에게 뒤처지지 않게 사냥도 열심히 하게 될 거고요. 그건 또 왕국의 입장에서는 세금을 납부받을 수 있는 기회죠."

"허억!"

마판은 진심으로 경악과 함께 감탄할 수밖에 없었다.

유저들이 입는 피해까지도 냉정히 계산하여 착취할 수 있다는 국왕 위드의 심오한 생각을 감히 어느 누가 헤아릴 수 있단 말인가.

"왕국의 경제력 감소는요?"

"당장은 경제력이 줄었다고 해도 상인들이 교역을 재개하면 다시 메꿔질 것이고요, 애초에 우린 생산 시설이 그리 많지 않으니까요."

어쩌면 서글픈 현실!

아르펜 왕국은 한 지방이 침탈을 당하더라도 파괴될 시설물이 별로 없었다.

헤르메스 길드 유저들이 떼로 몰려가서 광산을 점거한다거나 해도, 어차피 다 관리도 못 하는 판국이니 내버려 두면 된다.

대도시까지는 덤벼들지 못할 테니, 모라타와 곡창지대 등을 바탕으로 해서 몇몇 곳의 교역이나 생산에만 집중하더라도 현재는 충분했다.

아르펜 왕국 경제력의 대략 70%는 불과 서너 곳에 모여 있었던 것이다.

"욕은 헤르메스 길드 놈들이 먹고, 피해는 북부 유저들이 보겠죠. 뒷감당도 북부 유저들이 알아서 할 겁니다."

마판이 고개를 갸웃했다.

"뭐, 이미 피해를 감수할 수밖에 없는 상황이니 말씀하신 대로 되긴 할 것 같습니다만, 근데 원래 국왕이 군대를 이끌고 주민들이 피해를 입지 않도록 국경 밖에서 적을 막아야 정상 아닌가요?"

"주민들이 알아서 막는 거죠."

"……?"

"국가란 원래 다 그런 겁니다."

고도의 착취 방법.

악덕 국왕으로서 점점 눈을 뜨고 있었다.

위드는 조각 생명체들을 모아 놓고 바로 행동으로 옮겼다.

쌀밥은 김이 모락모락 날 때 먹어야 든든한 법!

"전부 나가서 하벤 제국 녀석들을 찾아라."

"쿠카카캇. 알았다."

"크오오오오!"

빙룡과 와이번들이 세찬 돌풍을 일으키며 출동했다.

"사냥이다. 다 태워 죽이리라."

"독으로 녹여야지. 드래곤이 무엇인지를 미개한 인간들에게 보여 주마."

위험한 불장난을 원하는 불사조.

짝퉁 드래곤이지만 제법 센 이무기.

초대형 생명체인 불사조와 이무기가 구름보다도 더 높이 날면서 광범위한 지역을 넓게 살폈고, 황금새와 은새도 그들을 따르는 새 떼를 데리고 참여했다.

작은 새들이 은신하기 좋은 숲과 산을 수색 영역으로 삼아서 날아다녔다.

켈베로스는 코를 킁킁대며 도시 근처를 전담하기로 했으며, 악어 나일이는 강가를 지키면서 지나가는 유저들을 감시하기로 했다.

조각 생명체들을 기반으로 한 전 방위 감시체계!

북부 대륙 전역을 감당하진 못하겠지만 유저들이 많은 지역들만 신경 쓰더라도 충분했다.

헤르메스 길드의 침입자들도 인적이 뜸한 산악 지대에서 멍하니 며칠씩 사람이 지나가는 것만 기다리고 있진 않을 것이다. 북부 유저들이 많은 지역이나 이동 경로에 집중적으로 숨어 있다고 보는 게 당연했다.

"놈들을 찾으면 바로 사냥이다! 전부 나가라!"

바하모르그, 기사 세빌, 여전사 게르니카, 하이 엘프 엘틴 등도 바쁘게 위치를 향해 뛰었다.

주요 길목들을 차단하고, 하벤 제국의 살인귀나 헤르메스 길드의 유저를 발견하면 공격할 것이다.

'은밀한 기동력을 확보하기 위해 병력을 작은 부대로 나눴 겠지. 그렇다면 탐색도 필요 없지. 보이는 족족 죽여 주면 된다.'

위드에게는 아르펜 왕국 전역이 최상의 사냥터가 되었다.

"오늘 몇 명이나 죽일까?"

"50명 정도?"

"길드에서는 20명 정도만 죽이라고 했는데… 너무 많은 거 아냐?"

"쓸 만한 놈이 1명도 없으면 죽여 봐야 실속이 없어. 북부 대륙에는 레벨 300을 넘는 놈들도 흔치 않으니 기다리느라 시간을 다 보내네."

"그래도 학살하는 재미가 있긴 하지, 크흐흐."

4명의 헤르메스 길드 유저들이 산속에 숨어 있었다.

마을들을 오가는 길목이었으니 사람들이 지나가는 걸 보면 해치우면 된다.

째재잭.

시원한 바람이 불고, 산새들이 맑게 우는 야트막한 산이었다. 감탄이 나올 정도로 아름다운 자연환경이었지만 그들에게는 관심 밖에 속했다.

"중앙 대륙에서 활동할 때가 참 좋았는데… 그땐 약탈하는 맛이 제대로였잖아."

"대여섯 건만 해도 그날은 대박이었지."

"적당히 치고 빠지려고 했는데 통 쓸 만한 놈들이 없네. 여기서는 지나가는 상단이나 털어야 실속이 있을 것 같다."

벌써 200여 명이나 죽였지만 그럭저럭 상대할 만한 강자들은 아직 만나 보질 못했다.

북부 유저들끼리는 긴밀한 협력 관계가 유지되고 있었다.

그들이 습격을 가한다는 소식이 퍼지고 나서도 겁 없는 초보 유저들은 활동을 계속했지만, 고레벨 유저들은 감쪽같이 숨어 버렸다.

"길목에서 기다릴 게 아니라 사냥터로 쫓아가 볼까?"

"그것도 귀찮다. 사냥터에서는 한꺼번에 덤비니까 위험할 수도 있고. 여기 있으면 많이 죽일 수는 있잖아. 대량 학살이야말로 싸움의 묘미. 무방비의 북부 놈들을 실컷 죽일 수 있으니까."

한가롭게 대화를 나누던 헤르메스 길드 유저들.

두두두두두두!

땅을 울리는 진동에 그들은 말을 멈췄다.

"온다."

"1명인가?"

"말이 아니라 소 같은데……."

헤르메스 길드 유저들은 수풀 사이에 바싹 엎드렸다.

갑자기 튀어 나가서 놀라게 만들며 공격을 하는 재미!

누런 황소를 탄 사람이 급한 일이라도 있는지 질풍처럼 달려오고 있었다.

유저들은 낮게 속삭였다.

"장비는?"

"허접하진 않아. 레벨 400대 정도로 보인다."

"대박이구나. 기다렸던 보람이……."

"동시에 튀어 나가는 거다."

헤르메스 길드의 살인자들답게 장비를 먼저 주의 깊게 살폈다.

그다음에는 황소에게도 시선이 갔다.

넓고 탄탄한 가슴과 허벅지에는 터질 듯한 근육이 팽팽했고, 곧고 길게 뻗은 뿔은 위압감까지 느껴질 정도였다.

말보다도 2배는 빠를 듯한 속도를 내고 있었다.

남자와 황소는 순식간에 가까이 다가왔다.

"놓치면 안 되니까 확실히 하자."

"모두 준비해."

헤르메스 길드 유저들이 튀어 나가려는 순간!

남자가 그들이 있는 곳을 향해 검을 휘둘렀다.

"달빛 조각 검술!"

검이 휘둘리며 푸른 검 빛이 그들을 향해 날아왔다.

예상치 못한 역공에 헤르메스 길드 유저들은 잠깐 동안 몸이 굳었다.

"원거리 공격?"

"잠깐만… 우리가 여기 있는 줄 어떻게 알고…….."

"그런 말 할 시간이 어디에 있어. 빨리 피해!"

콰과광!

검에서 뿌려진 빛이 그들이 있는 장소를 박살 냈다.

암살자, 레인저, 기사 2명의 팀으로 구성된 헤르메스 길드 유저들은 제각기 다른 방향으로 몸을 날렸다.

살인을 밥 먹듯이, 기회만 있으면 저질렀던 자들이라서 피하는 데에도 미리 짜 맞추어 놓은 듯이 효과적인 움직임이었다.

그러나 진정한 사냥꾼을 만나 보지 못했다는 증거이기도 했다.

적이 단 1명이라면 흩어지는 것보다는 다 함께 정면으로 덤벼드는 게 나았을 테니까!

위드는 누렁이를 탄 채로, 자칫 귀찮을 수 있는 레인저를 향해 돌진했다.

"하필 나야. 빌어먹을!"

레인저는 땅을 박차고 옆으로 몸을 날렸지만 달려오는 누렁이의 속도가 너무 빨랐다.

다른 곳으로 피하지는 못하고 누렁이에게 화살을 겨누었다.

짧은 순간이었지만 황소를 쓰러뜨린 후에 동료들과 힘을 합쳐서 적을 쓰러뜨리려는 계산이었다.

푸슉!

화살이 쏘아졌지만 누렁이는 앞다리와 뒷다리에 순간적으로 힘을 주더니 마치 호랑이라도 되는 것처럼 날쌔게 뛰어넘었다.

누렁이의 돌진은 전혀 늦춰지지 않았다.

레인저는 순식간에 위드의 검의 간격에 가까이 들어서고 말았다.

"헤라임 검술."

푹, 컥, 꽉!

레인저의 방어력은 그다지 높은 편은 아니다. 게다가 말이나 황소를 타고 있으면 속도에 따라서 가중되는 공격력 탓에, 헤라임 검술의 3연속 공격에 의해 사망하고 말았다.

"나 폴크스가 이렇게 허무하게……."

레인저가 회색빛으로 변하기도 전에 위드의 왼손이 그 자리를 휩쓸고 지나갔다.

세상에 모습을 드러낸 지 0.1초도 지나지 않아서 전리품이 수거된 것이다.

가히 전문가다운 아이템 회수 속도.

공격 이후에 물이 흐르는 것처럼 자연스럽게 전리품까지 획득했다.

손에 느껴지는 묵직함에, 위드는 그지없이 만족스러웠다.

'헬멧에 가죽 갑옷. 개시치고는 좋았어!'

누렁이는 멈추지 않고 이어서 바로 암살자에게로 달려가고 있었다.

단거리 이동은 암살자가 그 어느 직업보다 빠르다. 그러나 먼 거리를 연속으로 움직일 수 없다는 한계도 가졌다.

"제기랄."

암살자는 레인저가 목숨을 잃는 순간 은신술을 펼치려고 했다.

암살자의 특권이 무엇인가.

숨어서 공격을 한다는 점이다.

자신의 모습이 사라지면 기사들과 싸움이 벌어질 테고, 언제든 유리할 때에 기습을 할 수 있다.

설혹 정 불리하다면 아예 모습을 드러내지 않는 선택도 가능했다.

목숨을 잃으면 받게 되는 페널티가 다른 직업보다도 훨씬 높은 만큼 몸을 숨기거나 피해야 하는데…….

위드와 누렁이가 어느새 정면에 있었다.

"치잇! 맹독 쌍검!"

독을 바른 단검을 양손에 나눠 쥐고 휘두르고 찔렀다.

헤르메스 길드의 유저다운 반응 속도였으며 재빨리 외치기까지 했다.

"이 독은 마비의 효과가 있을 뿐만 아니라, 생명력을 절반 이하로 떨어뜨릴 것이다!"

그 말을 들은 상대방이 위축되는 것까지 노린 것이다.

독이라고 하면 본능적으로 꺼려지고 무섭기 마련이었으니까.

그러나 위드는 그것을 미리 알고 있기라도 한 듯이 가볍게 상체를 움직이면서 다 피해 버렸다.

"어어?"

푸슈슈슉!

헤라임 검술이 그의 몸을 가볍게 연속으로 베고 지나갔다.

강력하게 쳐 낼 수도 있었으나 암살자란 원래 생명력이 높거나 방어력이 강하지 않다.

위드는 사냥 속도를 올리기 위해 조각 파괴술을 써서 모든 예술 스텟을 힘으로 바꿔 놓았다. 레드 스타는 들고 있지 않앉지만 다른 검으로도 싸움에는 충분했다.

"쾌액!"

순식간에 암살자의 목숨이 끊어지면서 그가 남긴 전리품은 땅에 떨어지기도 전에 정확하게 수거되었다.

간결한 전투가 더하거나 뺄 것도 없다면, 이어지는 전리품 수거 동작은 예술 그 자체.

남은 건 기사 둘뿐이었다.

그들은 어깨를 맞대고 섰다.

"저 황소는 누렁이야."

"그렇다면 전쟁의 신 위드다."

바드레이의 유일한 호적수.

중앙 대륙에서 숱한 헤르메스 길드 유저들이 그에게 목숨을 잃었다. 최근에는 용기사 뮬까지 살해를 당했으니 이쪽이 둘이라고 해도 승산이 없음을 직감했다.

"빌어먹게도 오늘은 일진이 안 좋군."

"그래도 방송에 나올 수도 있겠어. 상대가 유명하니 개죽음은 아니야."

기사 둘은 누렁이 때문에라도 도망가기는 포기했다.

"차핫! 전쟁의 신 위드여, 당당하게 겨뤄 보자!"

기사들이 동시에 덤벼들었지만 위드는 압도적인 힘으로 그들의 검을 쳐 냈다.

"음머어어어어."

누렁이는 네 다리로 땅을 박차며 힘을 실어 주었으며, 때때로는 게걸음이나 뒷걸음질까지 치면서 기사들의 혼을 쏙 빼 놓았다.

짧은 거리에서 민첩하게 움직이는 누렁이.

위드에게는 익숙하지만 기사들의 경우에는 전장을 경험했더라도 낯선 일이었다.

매번 몸의 무게가 잔뜩 실린 육중한 공격이 가해졌지만 누렁이의 움직임에 무용지물이 되고, 드러난 빈틈으로 위드가 헤라임 검술을 사정없이 작렬시켰다.

-1차 연속 공격이 성공하였습니다.
민첩이 27% 늘어납니다.

-2차 연속 공격이 성공하였습니다.
힘이 48% 늘어납니다.

-3차 연속 공격이 성공하였습니다.
민첩이 추가로 51% 늘어납니다.

-4차 연속 공격이 성공하였습니다.
파괴력이 44% 늘어납니다.
적을 무력화시켰습니다.

-5차 연속 공격이 성공하였습니다.
　적이 비명횡사했습니다.

2명의 적이지만 헤라임 검술 앞에서는 몇 번 버티지도 못하고 한꺼번에 목숨을 잃었다.

위드가 등장하고 나서 넷을 전부 사냥하는 데 걸린 시간은 1분도 안 되었다.

"쏠쏠하군. 누렁아, 다음 장소로 어서 가자!"

인근에 또 숨어 있는 헤르메스 길드 유저들이 있었다.

그들이 은밀하게 숨어 봐야 땅 밑에 기어 다니는 벌레까지 찾아내는 새들의 시야를 벗어나지는 못했다.

헤르메스 길드에서 자원해서 북부까지 나온 살인자들이기 때문에 레벨이 470에 달하는 유저들로 구성된 정예 팀도 있었다.

중앙 대륙에서도 출신 지역에서는 악명을 떨친 무리.

"위드다!"

"놈이 나타났다."

그들은 위드와 누렁이라고 해도 감당하기가 만만치 않은 자들이었다.

"견적이 좀 나오는군. 누렁아, 튀자."

"음머어어어어어!"

탐색도 없이 곧바로 돌입을 했지만 상대가 강하거나 위험하다고 판단되면 그대로 후퇴했다.

몰래 맨몸으로 침투한 자들이 누렁이의 기동력을 따라잡을 수는 없었다.

"전쟁의 신이 도망쳤다."

"크하하하하, 꼴도 좋구나."

그러나 의기양양한 것도 잠깐일 뿐, 주변의 조각 생명체들이 소환되어 2분도 지나지 않아서 재대결이 펼쳐졌다.

방어력이 좋은 기사와 전사인 세빌과 게르니카가 선봉에 서고, 위드는 누렁이를 탄 채 좌우로 휘젓고 다닌다. 와이번들은 공중에서 직각으로 낙하하면서 적들을 괴롭혔다.

헤르메스 길드 유저들이 목숨을 잃는 것은 당연한 일이었다.

"부하들을 잔뜩 끌고 오다니 비겁하다! 이것이 전쟁의 신 위드의 방식이냐!"

"싸움에 비겁이 어디 있어. 이기는 쪽이 정의지."

위드는 그들의 자자한 원성을 칭찬으로 들었다.

위험한 집중 공격을 당할 때는 조각술 최후의 비기 스킬을 사용했다.

"찰나의 조각술!"

잠깐이지만 적들도, 이 세상도 멈춰 버리는 궁극의 기술.

이것이 있기 때문에 헤르메스 길드 유저들이 분산되어 있다면 말 그대로 학살할 수 있다.

찰나의 조각술을 익히기 전까지는 그래도 어느 정도 신중하게 싸움을 결정해야 했다.

다른 이들이 보면 터무니없을 만큼 무모한 전투도, 위드는 냉정하게 승산을 따져 보고 기회를 만들곤 했다.

하지만 아무리 들이대더라도 도저히 해결이 나오지 않는 몬스터나, 헤르메스 길드에서 상위권 유저들로 구성된 팀은 건드릴 수가 없었다.

가끔이지만 높은 레벨뿐만 아니라 스킬과 스탯, 무기와 방어구까지도 제대로 갖춘 알짜배기 유저들도 있었던 것이다.

위드가 덤빈다고 하더라도 제대로 싸울 줄 아는 이들은 동료들을 이용해서 효과적으로 역공을 가하며 위협할 수 있다.

위드는 생명력이 낮은 만큼 저주나 마법 공격, 행운으로 터지는 치명타 등을 항상 경계해야 하는 신세였다. 혹은 그들이 미리 대비를 하여 함정을 파 놓고 있는 건 아닌지 의심도 해 봐야 한다.

그러나 찰나의 조각술을 익힌 후에는 어떤 상황에서도 최소한 도망은 칠 수 있었으므로 싸움을 시작하는 데 있어서 약간의 망설임도 사라졌다.

'아직은 그래도 적극적으로 써먹을 때는 아니야. 헤르메스 길드에서 분석하거나 대비하지 못하도록 감춰 두어야지.'

세상의 시간을 짧게 멈춰 놓고, 공격을 피하거나 마법사·사제의 뒤로 돌아가는 정도로만 활용했다.

헤르메스 길드의 유저들로 구성된 팀들은 마법사와 사제가 먼저 제거되면 오래 버티지 못하고 허무하게 목숨을 잃었다.

-손재주의 마스터로서 상대방과 싸우며 방패 올려치기를 익히셨습니다.

-로마냑 지방의 기사 검술을 습득했습니다.
 힘을 위주로 하여 복잡하지 않은 간단한 검술입니다.
 중급 2레벨까지의 스킬 숙련도를 곧바로 터득합니다.

 기사 검술에서 세 가지 공격 스킬을 익혔습니다.

 멀리 가르기 : 검에 마나를 모아서 크게 가르는 기술입니다. 가까이 있는 적을 밀어서 치는 효과가 있으며, 20미터 내의 적을 한꺼번에 공격할 수 있습니다. 마나 소모 3,500.
 땅 내려치기 : 6미터 범위에 있는 모든 적들이 일시적으로 균형을 잃게 만듭니다. 마나 소모 1,470.
 힘겨루기 : 로마냑 지방에서 기사들은 힘을 자랑하기를 즐겼습니다. 검끼리 맞부딪치며 밀쳐 낼 때에 24%의 힘을 더하게 됩니다. 마나 소모 410.

-통찰력이 3만큼 증가하였습니다.

상대방의 전투 기술을 그대로 습득하는 능력.
위드에게는 각종 무기들을 기반으로 하는 기술들이 상당히 많이 쌓이게 되었다.
"손재주를 마스터하니 여러모로 좋군. 무예인만큼은 아니지만 확실히 강해지고 스킬 습득이 빨라졌어."
조각사임에도 실제 직업은 검사나 전투 계열 직업이 아니냐는 의심을 끝없이 받았다.

타고난 투사에 가깝던 위드에게 손재주의 마스터는 확실한 날개를 달아 주었다.

만만한 적들에게는 처음부터 창술을 활용하여, 중급 3레벨까지도 달성했다.

용기사 뮬을 상징하던 무기인 선더 스피어를 착용하고 난 이후부터는 다수를 상대로 하는 전투가 한결 쉬워졌다.

적들이 몇 명이든 창을 휘두르면 된다.

창은 공격 범위가 넓고, 강한 힘을 가지고 있었다.

마나가 가득 찼을 때는 광역 스킬을 연거푸 사용하여 사냥 속도를 높였다.

적이 막더라도 무기나 방어구를 통하여 전기 충격이 고스란히 전해졌다.

누렁이를 탄 상태에서 마음껏 공격을 할 수 있었으니 전투력이 최소 30% 정도는 더 강해진 것처럼 느껴졌다.

"창술도 본격적으로 올려 봐야겠어. 손재주를 마스터했으니까 앞으로는 뭐든 해 볼 만한 가치가 있지."

검술도 마스터를 할 것이다.

사막의 대제왕 퀘스트에서 이미 끝을 봤던 스킬이기에 앞으로 시간문제였다.

가장 많은 시간을 들여야 하며 고생을 필요로 하는 조각술이야말로 거의 마스터에 도달해 있으니 그 이후부터는 성장에만 모든 여력을 쏟아부을 수 있다.

위드는 그날 하루에만 1개의 레벨을 올렸다. 레벨이 442에서 단숨에 443이 되었다.

헤르메스 길드 유저들이 보이기만 하면 바로 쳐들어가서 끝장을 내 버렸기 때문이다.

하루 동안 부지런히 없앤 적들도 150여 명에 달했다.

"수입이 정말 짭짤하군. 중앙 대륙보다도 먹잇감이 널려 있으니까."

철야 작업까지도 마다하지 않으며 경험치를 쌓고, 전투 스킬을 올렸다.

레벨이 높아지는 것도 강점이었지만 손재주 마스터로 인하여 각종 스킬들이 향상되면서 전체적으로 전투력이 향상되었다.

최고의 성장법은 역시 몬스터보다는 사람에 있었다.

아르펜 왕국이 휘청거리는 이때, 위드는 자기 자신의 실속을 챙기고 있었다.

"앞일을 누가 알겠어. 세상에 확실한 건 내가 강해지는 것과 돈밖에 없지."

이미 먹고살 돈은 충분히 모았다.

그러나 돈은 모을수록 욕심이 더 많이 생겼다. 돈을 쓸 때의 기쁨도 알아 가고 있었다.

"나도 나중에는 가족들과 사치를 하고 살 거야."

위드에게는 새로운 목표가 생겼다.

부동산 투기에 이은 부의 대물림!

잔뜩 돈이 모이면, 노후에는 요플레를 먹으면서 뚜껑도 핥지 않을 정도의 사치가 목표였다.

하벤 제국의 만만치 않은 적

"어서 짐을 쌓아!"

"오늘 내로 모라타로 돌아간다. 서둘러!"

서윤은 상인들의 행렬을 묵묵히 따라갔다.

안전을 위해 상인의 뒤를 따라다니는 초보 여행자들 틈에 뒤섞인 상태였다.

"모라타에서 오랜만에 맛있는 거 먹을까?"

"응. 요즘에 문 연 식당들 많아. 모라타 맛집 검색도 해 놨어."

유저들은 즐거워하면서 바쁘게 걸었다.

상인들의 빈 마차나 수레에 약간의 돈을 내고 탄 유저들도 많이 있었다.

북부 대륙을 마차로 여행하는 일이 최근에 대단한 유행을 일으켜서, 레벨이 70을 넘으면 누구나 다들 돌아다니기를 바랐다.

거친 바람과 몬스터의 위협을 무릅쓰고, 웅장한 자연과 낭만이 함께하는 2달간의 마차 여행.

여행자들끼리 눈이 맞거나 친해지는 경우도 흔하게 생겼다.

과거에 유럽 여행이 유행이었다면 최근에는 북부 대륙 여행이 유행이 되었다.

대부분의 도시들이 발전도가 낮지만 의외로 배울 점들이 많다면서 휴학을 하고 대륙을 돌아다니는 대학생들도 있었다. 물론 그러다가 어떤 퀘스트 물품이라도 줍게 되면 정신없이 빠져들게 되었지만.

아르펜 왕국이 아직 개발되지 않고 발전하고 있는 중이라서 더욱 신을 내는 사람들이 많았다.

그렇게 모라타로 돌아가기 위해서 부지런히 발걸음을 옮기는 상인들과 여행자들의 앞을, 600기의 기병들이 나타나 가로막았다

"흐흐흐, 살이 여린 인간들이군."

"죽여! 죽여! 죽여!"

하벤 제국의 살인귀들!

북부 대륙에 침투시킨 살인귀 부대가 커다란 이동 행렬을

보고 약탈하고 전멸시키기 위해 나타난 것이다.

"하필 여기에……. 어서 방어 진형을! 용병들은 적을 막아라!"

상인들은 마차를 모아서 전투준비를 갖췄다.

정보에 빠른 이들이었기에 이런 일이 일어날 가능성에 대해서는 이미 염두에 두었던 것이다. 앉아서 그냥 당해 줄 수는 없는 일 아닌가.

"저거 뭐야?"

"좀 이상한데. 아르펜 왕국군 아니야?"

초보 유저들은 백주 대낮에 무슨 일이냐는 반응을 보였다. 그러나 하벤 제국의 살인귀 부대라는 이야기가 금세 퍼졌다.

"으어어어."

"제, 젠장. 조금만 더 가면 모라타인데."

절망이 퍼져 나가고 있는 사이, 서윤은 묵묵히 앞으로 걸어 나갔다.

스르릉!

등에 둘러메고 있던 대검이 뽑혀 나왔다.

그 순간, 서윤의 눈이 붉게 빛났다.

-살육의 기운에 반응하여 광전사의 눈을 뜹니다.
힘이 73% 증가합니다.
공격 속도가 41% 빨라지며, 연속 공격을 가할 때 약간의 체력을 소모하는 대신에 머뭇거림이 최소화됩니다.

전투가 끝날 때까지 투지가 최대치가 됩니다.
더 많은 적들을 학살할수록, 싸우는 시간이 길어질수록 전투 능력은 강해
지게 될 것입니다.

띠링!

검을 뽑은 광전사

불의한 적들이 나타났습니다.
이들을 상대로 인정을 베풀 필요는 없습니다.
모든 적들을 남김없이 처단해야 합니다.
난이도 : 광전사 퀘스트
보상 : 힘 1.
퀘스트 제한 : 고급 6레벨 이상의 검술.
             투지 스텟 600.

서윤은 앞으로 달려가며 대검을 강하게 휘둘렀다.

페일, 메이런, 로뮤나, 이리엔, 수르카, 제피 등은 각자 모
라타 주변이나 마을에서 전투를 치렀다.
살인귀들과 헤르메스 길드의 강자들을 막기 위해, 주변의
유저들과 함께 싸웠다.
그들은 이미 위드의 동료로 알려지면서 북부에서는 대단
히 유명했다.

"존경합니다, 신궁 페일 님."

"흠흠, 별말씀을요."

대지의 궁전 전투 등에서의 활약으로 큰 인기를 끌고 있는 페일에게는 궁수들이 너 나 할 것 없이 달려와서 인사를 했다.

로뮤나에게는 화염 계열의 마법사들이 가르침을 얻기 위해 찾아왔고, 이리엔이 있다는 소식이 돌면 은혜를 입은 유저들이 그녀를 지키기 위해 달려와 북적였다.

수르카는 외딴 마을의 방책을 지켰다.

살인귀 부대는 밤이 되면 더욱 활개를 치기에 작은 마을들에는 병사들을 배치했다.

그리고 하룻밤이 지났다.

아르펜 왕국의 마을은 17개나 사라지게 되었다.

유저들도 4,000명이 사망, 주민들은 몰살을 당했다.

수르카와 로뮤나, 이리엔의 죽음!

유저들과 함께 끝까지 마을을 지키려고 했지만 하벤 제국의 살인귀들을 막진 못하였다.

헤르메스 길드의 유저들도 일부 그들에 섞여서 공격을 했던 것이다.

아르펜 왕국의 마을들이 불타서 검은 연기를 뿜는 동영상이 인터넷 게시판들을 휩쓸었다.

-아… 아르펜 왕국은 안 되나요?

-하벤 제국과의 힘의 격차가 너무 심하네요. 그냥 요리되는 정도인 듯.

-망했네요. 하벤 제국이 대륙 통일한 거나 마찬가지예요.

하벤 제국의 습격으로부터 일주일이라는 시간이 지났다.

방송국들은 현재까지 입은 아르펜 왕국의 피해가 막대하다는 점을 강조했다.

"전 국토에 걸쳐서 심각한 피해를 입었습니다. 비옥한 곡창지대는 절반이나 불에 타 버렸으며, 도로와 다리, 교통망도 끊어지고 교역이 정상적으로 이루어지지 않고 있습니다. 변방의 마을들은 계속 침략의 위험을 겪고 있으며… 현재까지 벌어진 피해에 대한 통계를 잡기 어렵습니다만 주민들도 10만 명 이상이 사망했습니다. 유저들의 죽음은 그보다도 훨씬 많을 것입니다."

하벤 제국의 살인귀 부대도 전투를 치르면서 소모되었지만 중앙 대륙에서 얼마든지 추가로 넘어올 수 있었다.

방송국들은 아르펜 왕국의 위기를 열심히 보도하는 한편 위드의 전투 영상을 오후의 메인 시간대에 특집으로 편성해서 내보냈다.

조각 생명체들과 함께 빠르게 움직이며 헤르메스 길드 유저와 살인귀 부대를 끊임없이 척살하는 영상.

잠깐의 쉴 틈도 없이 움직이는 그의 모습. 대적할 상대가 없던 헤르메스 길드 유저들도 버티지 못하고 허무하게 목숨을 잃었다.

위드의 전투 영상을 거의 실시간으로 보내면서, 잔잔하면서도 서글픈 음악을 배경으로 깔았다.

그리고 진행자들은 목에 핏대를 세우며 열을 올렸다. 시청률이 사상 최고를 갱신하고 있었던 것이다.

"7명 격파! 격파에 걸린 시간은 불과 31초입니다. 헤라임 검술이라는 공격 스킬을 스물네 번이나 작렬시키는 신기에 가까운 모습을 보여 줬습니다. 매번 놀랍지만 이번 역시 가히 묘기라고 할 수 있겠네요."

"신혜민 씨, 방금 광역 공격 스킬을 피하는 모습, 보셨어요?"

오주완과 신혜민 역시 '베르사 대륙 이야기'를 진행하며, 2부에서는 위드를 생중계했다.

"네, 물론입니다. 도저히 피할 수 없는 것으로 알려진 참화의 땅이라는 창술 스킬인데요, 3명 이상의 창술가가 동시에 사용해야 시전이 되는 기술이죠."

"조금 더 보충 설명을 드리자면, 공격에 휘말리게 되면 연속으로 타격을 입어 빠져나오지도 못하게 됩니다. 아직까지 깨진 적이 없는 스킬이었습니다만 위드는 마찬가지로 창을 꺼내서 이를 막아 내고 반격했습니다. 벌써 게시판이 달아오르고 있네요. 신혜민 씨도 위드와 사냥을 같이 다녔던 것으로 아는데, 이런 모습을 자주 보셨나요?"

"보기는 많이 봤죠. 말도 안 되는 모습들을요."

신혜민은 끔찍하다는 듯이 한숨을 쉬었다. 잠깐 동안이었지만 방송 진행자로서 표정 관리가 안 되었다.

"에… 가장 놀라웠던 건 어떤 것이었나요?"

"그때 맷집을 올린다면서 아슬아슬하게 초주검이 되어서 전투를 끝냈죠. 생명력을 0.3% 정도만 남기고요."

"대단한 전투 감각이네요. 그런 수준이라면 타고난 것도 있겠지만 고도의 단련이 필요할 것 같습니다."

"네. 근데 그 전투가 끝나고 나서 몸에 붕대를 감으면서 요리를 하다가 칼을 갈고, 방어구를 닦으면서 조각품까지 만드는 광경이 가장 놀라웠어요. 잡캐가 보여 줄 수 있는 최대의 경이로운 장면은 이런 것이구나 하고 느꼈다고 할까요."

"……."

"위드 님과 사냥을 할 때에는 1초를 딴생각하면 그만큼 움직임에서 뒤처지게 돼요. 너무나도 빠른 진행 속도를 따라가지 못하게 되는 것이죠. 2초 동안 가만히 있으면 위드 님의 잔소리가 어김없이 날아와요."

"보통 힘든 게 아니었겠군요."

"대부분의 인간들은 참 편하게 살고 있으며, 저는 평소에 행복했구나라고 느끼게 되지요. 앗, 잠시 대화를 나누는 사이에 벌써 전리품을 수습하고 이동하고 있습니다. 와이번에 타고 이번에는 어디로 가게 될까요?"

방송국에서는 위드의 전투 영상을 보도하면서 영웅 만들기에 돌입했다.

이번에도 위드가 메인 주인공이 될 수밖에 없었다.

중과부적이라는 말이 나올 정도로 많은 적들을 상대로 누렁이를 탄 채로, 혹은 바하모르그나 다른 조각 생명체들을 끌고 돌진한다.

나름대로 혁혁한 명성을 가진 헤르메스 길드 유저들이었지만 막상 싸움이 벌어지면 허무하게 목숨을 잃었다.

실낱같은 구멍을 만들어 내서 비집고 들어가서 끝장을 보는 능력.

고군분투를 펼치는 위드에게 사람들이 다시금 열광하고 있었다.

바드레이나 헤르메스 길드의 주요 간부들이 안전한 사냥터에 머무르면서 강해지는 것과 비교되었다.

북부의 여론도 달아올랐다.

"막아 냅시다. 우리가 살아가는 도시는 지켜야 하지 않겠습니까!"

"우리의 힘으로 승리를 거둘 수 있습니다."

북부 유저들이 도시마다 머무르면서 수비군의 역할을 했다.

공성전이 펼쳐지면 때로는 적을 격퇴하기도 했지만 어떤 때는 마을이 잿더미로 변했다.

이때부터는 천공의 성에 있는 조인족의 활약이 큰 역할을 했다.

조인족 중에서 가장 성장이 빠른 밤부엉이 모그라는 유저가 있었다.

그는 원래 모라타에서 시작했던 초보자였지만 인간보다는 조인족이 좋아서 특수한 퀘스트를 통해 종족을 바꿨다.

인간으로서의 능력을 전부 버리고 알로 다시 태어났다.

그 후에 빠르게 성장을 했지만 동료들도 챙길 줄 알아서 조인족들 사이에서 인기가 높았다.

"북부의 모든 하늘을 장악하고 병력 이동을 파악합시다. 우리 조인족들만이 할 수 있습니다. 조인족들이 할 수 있는 일을 해 봅시다!"

천공의 성 조인족들이 움직였다.

산의 정상과 숲의 나무 꼭대기, 강과 평원 위를 날아다니며 지상의 정해진 구역들을 감시했다.

짙은 먹구름에서 떨어지는 천둥과 비 속에서 대지를 주시하는 조인족들.

하벤 제국의 살인귀 부대 이동을 발견하면 풀죽신교의 전투 병력이 출동했다. 그들이 도망갈 길을 완전히 차단하는 인해전술로 침략자들을 격퇴했다.

그에 비하면 헤르메스 길드 유저들은 몸을 잘 숨길 수 있었다. 그들은 주로 밤에 활동하면서 아르펜 왕국 유저들의 목숨을 빼앗았다.

검치와 검둘치, 검삼치, 검사치!

하벤 제국의 북부 정복 지역에서 마적단을 만들어 활약하고 있는 그들!

여간 골칫거리가 아니던 그들에게 바르고 산맥에서 온 오크 투사들이 합류했다.

위드처럼 특별한 퀘스트를 부여받았거나, 높은 명예와 스텟으로 오크들을 이끌 자격을 얻은 것은 아니다. 감언이설로 구슬린 것도 아니었다.

"취익, 인상 더럽다, 취칫!"

"니가 더 더럽게 생겼다."

오크들이 검치에게 성질을 내며 한판 붙더니 부하가 되겠다고 나선 것이었다.

"따른다, 취칙. 밥만 먹여 줘라."

―묵사발 군대의 총지휘관이 되셨습니다.
  휘하 병력은 총 13만 4,982마리입니다.

"드디어 군단장이로군."

검치는 감개무량했다.

검을 닦으며 살아가던 그에게 드디어 군대가 생겼다.

"난세에 남자라면 마땅히 가야 할 길. 어쩌면 내 손으로
대륙 정복을 이루게 될지도 모르겠구나."

검치는 최근에 드물게 텔레비전을 시청했다.

사막의 대제왕 위드를 방송한 내용이었다.

그 모습이 어찌나 멋있던지 한 무리의 늑대 같은 군대를
이끌고 대륙을 평정하고 싶었다.

아마 그 영상을 본 남자라면 누구나 비슷한 생각을 했을
것이다.

검둘치가 걱정스럽다는 듯이 말했다.

"스승님, 그렇다면 막내가 세운 아르펜 왕국도 정복하시
겠습니까?"

"으음."

검치는 진심으로 고민했다.

난세를 살아가는 사람이라면 인정에만 휘말려서는 안 된
다. 친족까지 베는 무정함이 있어야 대업적을 세울 수 있을
게 아닌가.

"결국 그렇게 되는 것이더냐."

검치가 천천히 검을 뽑아 들었다.

헤르메스 길드 유저를 없애고 빼앗은 명검이 뜨거운 햇빛에 번뜩였다.

"막내에게는 미안하지만……."

그때 검삼치가 웃으며 초를 쳤다.

"에이, 사형. 스승님이 그럴 분이 아닙니다. 제가 스승님을 따르기로 한 이유가 의로움에 있지 않습니까."

"흐험."

검치는 슬그머니 검으로 시선을 돌렸다.

날카로운 검광.

모든 것을 베어 버리는 검의 마력.

'막내에게는 미안해도… 사나이 인생은 한 번뿐이지 않은가. 내 바로 아랫자리를 주면 되겠지. 황제는 내가 되겠지만 실질적으로 제국을 다스리는 역할을 주면 서운해하지 않을 것이다.'

당당하게 가슴을 펴고 저 넓은 하늘과 땅을 품기로 했다.

뜨거운 야망이 들끓었다.

'전부가 헛된 꿈이라고 해도 칼춤 한번에 불과할지니… 무릇 큰 꿈을 가지고 살아가야 남자가 아니던가.'

검치에게 일어난 호연지기!

그때 검사치가 결정적인 한마디의 초를 쳤다.

"근데 저 오크들은 어떻게 먹여 살리실 겁니까, 스승님?"

"으응?"

"배고프다고 밥 달라는데요."

"…저게 몇 마리라고?"

"10만 마리가 넘습니다."

하늘과 땅을 품을 듯했던 검치의 가슴이 조금 쪼그라들었다.

검둘치가 뭔가를 알고 있다는 듯이 말했다.

"스승님, 10만 마리가 아닙니다."

"그러면?"

"무슨 구르취라는 녀석에게 들었는데, 오늘 내로 저만한 무리가 열 덩어리 더 온답니다."

"그러면 1백만씩이나?"

"오는 동안에 더 늘었을지도 모른다는데요."

1백만 대군의 총지휘관.

검치의 얼굴이 순간 환하게 펴졌다.

이 정도 규모라면 실로 일군을 이끄는 총사령관이라고 할 수 있지 않겠는가 말이다.

"그렇다면 어서 보급을 준비하자. 식량과 병장기를 갖춰주고 술과 고기를 풀어라!"

"스승님, 우리 먹을 것도 없지 않습니까?"

"상인에게 사라."

"전 재산을 털어도 무리입니다. 우린 돈 생길 때마다 무기부터 바꿨으니까요."

검삼치도 우물쭈물하다가 이야기했다.

"스승님, 저 오크들을 데리고 전술은 어떻게 세우실 겁니까?"

"전술이라면 당연히 복잡하게 생각할 것 없이……."

"그냥 돌격하면 되겠죠? 첫 번째 전투에 절반은 죽겠네요."

"……."

다들 이야기를 하니 검사치도 다시 끼어들었다.

"근데 오크들이 앞으로도 계속 우릴 따를까요?"

"왜?"

"저것들은 맨날 배부르면 자기들끼리 싸우고 누가 대장인지를 가르는 녀석들이라서요. 멍청해서 스승님이 대장인 것도 내일이면 다 잊어버릴 텐데요."

"아아……."

검치의 입에서 허탈한 신음 소리가 나왔다.

하늘과 땅을 품을 만한 기개는 다 사라지고 각박한 현실로 돌아왔다.

"이 넓은 세상… 전부를 가지려고 하면 끝없이 머리를 쓰면서 괴롭게 살아야 하지. 그저 검 한 자루면 기쁘게 살아가기에는 충분한 것을."

의기소침해진 검치는 군단장의 역할에만 충실하기로 했다.

그 분위기를 느낀 검둘치, 검삼치, 검사치는 서로 눈빛을 교환하며 미소를 지었다.

　　'성공이다.'

　　'후후후, 해냈군.'

　　'아, 다행이다.'

　　검둘치는 검치가 큰 야망을 갖는 것에 대해 반대였다.

　　'스승님께서는 분명 무언가를 이루시면서 뒷일까지 생각하실 분이 아니다. 잡일은 모조리 내가 맡아서 해야 되겠지.'

　　검삼치는 투신이 인정한 투쟁의 파괴자로서 전투력만 놓고 보면 그들 중에서 가장 우월했다.

　　'그냥 싸우는 게 좋다. 관리직 같은 건 몸은 편한데 머리가 고생한단 말이야. 그런 골치 아픈 일을 힘들게 뭐하러 해? 생각할 시간에 몸을 조금만 더 놀리면 되는데.'

　　검사치는 위드로부터 미리 접대를 받았다.

　　"앞으로 스승님이 어떤 큰 꿈을 꾸실 수 있습니다. 그럴 때가 되면 말려 주세요. 그 대가로는 모라타에 검술 훈련장을 내 드리겠습니다."

　　"막내야, 네 걱정을 모르는 바는 아니지만 스승님의 꿈을 꺾자는 건데, 제자로서 어떻게 그럴 수가 있겠느냐."

　　"검술 훈련장의 입지가 아주 좋을 겁니다. 광장과 강가를 끼고 있는 곳으로 해 드리죠."

　　"막내야, 내 말을 똑바로 들어라. 검술 훈련장 따위가 문제가 아니라……."

"요즘 광장과 강가에는 눈이 번쩍 뜨일 만한 미녀들이 자주 나오는데요."

"후엇!"

"로열 로드에서는 누구나 강해지기를 원하지 않습니까. 그 미녀들이 훈련장에서 제자가 되면……."

"미녀가 제자……."

"지나가던 미녀들이 땀을 흘리면서 검술을 가르치는 사형의 모습을 보다 보면 없던 인연도 생기겠죠. 인연이 어디 그냥 만들어지는 거겠습니까. 낚싯대에도 튼실한 밑밥이 있어야 되죠."

검사치는 언제쯤 검치가 큰 야망을 갖게 되나 기다려 왔다.

워낙 싸우는 것만 좋아하는 스승이기 때문에 지금까지 무난하게 살아왔지만 드디어 큰 야망을 가졌고, 제자들은 다양한 의견을 들어서 전부 반대했다.

그 후에 검치는 제자들과 함께 오크들을 이끌고 유격대를 이끌며 점령 지역을 공략했다.

헤르메스 길드의 영주들이 맨땅에 일구어 놓은 터전을 그대로 휩쓸어 버린다.

북부 점령지에서는 그들을 격퇴하기 위해 기사단을 내보냈지만 허무하게 무너지고 말았다.

기사단끼리의 승부에서 기본이라 할 수 있는 승마술과 창술, 검술, 도끼 투척 등에 밀렸던 것이다.

레벨 차이가 어느 정도 나더라도 말이나 황소를 타고 전력 질주하며 벌이는 근접전에서는 검치나 다른 사범들의 전투 감각을 따라가질 못했다.

그들을 섬멸하기 위해서는 두뇌를 쓴 고도의 함정이 필요했다.

그렇지만 검치나 사범들 역시 온갖 싸움을 다 겪어 보았다.

"냄새가 나는군."

"돌아갈까요?"

"걸려들어 주는 것도 나쁘지 않을 것이다. 대신 전속력으로 돌파한다. 낙오자들은 그냥 버린다."

"옛!"

전투가 벌어질 때마다 승승장구하는 그들이었다.

본인들은 무작정 돌격이라고 부르지만 실제로는 경험에 의한 감각에 의존하는 것이었다.

어떤 복잡한 전술도 필요 없이 머릿속에 떠오르는 대로 움직이는데, 그게 대부분 적중한다.

속도전이 필요한 유격단 활동에서는 필수적인 요소로 작용했다.

특이한 점이 있다면 군대와 병사들과만 싸울 뿐, 주민은 건드리지 않는다.

약자들에 대한 배려!

나름 협을 숭상하는 검치와 제자들이었기 때문에 사막의 대제왕 위드처럼 마을을 불태우는 일도 없었다.

　　"스승님, 애들이 많이 배고파 보이는데요."

　　어떤 마을에서는 영주의 관심 부족과 흉작으로 인해서 식량이 모자랐다.

　　주민들도 굶주렸고, 병사들도 전투 도중에 배가 고파서 픽픽 쓰러져 버렸다.

　　"그래? 식량 남은 거 좀 있냐?"

　　"지난번 마을을 약탈하고 오크들이 거의 다 먹어 버렸는데… 한 끼 정도는 남아 있습니다."

　　"애들 나눠 줘라."

　　"그러면 우리 저녁에 먹을 게 없는데요."

　　"우린 또 다른 곳 약탈하러 가면 되지. 밥은 먹여 가면서 해야 할 것 아니냐."

　　"옛, 스승님!"

　　북부 정복 지역의 총사령관 알카트라는 그들과의 전쟁을 매일 겪었다.

　　"오, 오크들이 떼로 몰려옵니다."

　　"마법사들을 출동시키고, 기사단을 대기시켜라."

　　마법사들의 공격에 의해서 검치와 오크로 이루어진 군대가 절반쯤 박살이 나기도 했다. 이어진 기사단과 병사들과의 전투에서는 상당한 세력을 깎아먹으면서 분투를 펼쳤지만 결국 퇴각하고 말았다.

"크윽… 분하다. 패배하다니…….."

"스승님."

"이 정도는 해 줘야 비통한 거 같지 않냐."

"감쪽같은데요."

"재밌군."

북부 대륙의 오크들은 계속 충원되고 있었다.

오크 로드로 성장한 유저들도 부족민들을 데리고 합류했다.

"여기 오면 새끼 오크들 먹일 수 있다고 해서 왔다, 췩!"

"군대에 넣어서 죽이든 살리든 알아서 해라, 취이익!"

오크들이 걷잡을 수 없이 많아지고 있었으니 지더라도 아쉬울 게 없었다.

살아남은 오크들은 전투 경험을 쌓은 덕인지 밥을 더 많이 먹었다.

이들을 상대해야 하는 북부 식민지의 총독인 알카트라는 날마다 골머리를 앓았다.

"놈들은 기동력이 빠르고, 판단력이 좋다. 약탈 지역에는 식량을 하나도 남겨 놓지 않으니……. 주민들을 건드리지 않는 게 오히려 더 곤란해."

주민들에게 고작 한두 끼 분량을 베푸는 주제에, 충성심은 온전히 가져갔다.

게다가 식량 창고가 있는 지역에서는 오크들이 모조리 먹어 치워 버렸다.

그러나 그들이 떠나고 난 뒤에 주민을 먹여 살려야 하는 책임은 온전히 하벤 제국의 몫이었다.

"고도의 정복 술책 아닌가?"

검치와 제자들, 오크들의 부대를 하벤 제국의 대군으로 에워싸서 섬멸시키려고 해도 그들은 귀신같이 알아냈다.

검치와 제자들이 각자 1,000여 마리씩의 오크들을 데리고 사방으로 탈출하는데, 그 과정에서 입게 되는 피해가 엄청났다.

북부 정복 지역이라고 해서 병사들이 넘쳐 나는 것은 아니었다. 오크들과의 교전으로 병사들이 사망해도 중앙 대륙에서 충원하기가 힘들었다.

아르펜 왕국과의 경계 지역에도 90만 명 이상의 막대한 병력이 배치되어야 했다.

북부 식민지의 치안은 항상 불안하기 짝이 없어 하벤 제국에 지원군을 요청했지만 되돌아오는 답은 매번 같았다.

반란군부터 종식시키고 난 이후에 황제 바드레이가 직접 모든 군대를 통솔하여 북부를 평정할 것임. 그때까지 치안 확보에만 주력할 것.

"우린 그때까지 쓰다가 버릴 병력에 불과하겠군."

알카트라는 분노를 곱씹었다.

─용사들의 후예여… 그대들은 기꺼이 피를 흘릴 각오가 되어 있는가.

"그렇습니다."

─이 하늘 아래 감당 못 할 적이 있는가?

"그건 스승님과 예쁜 여자… 허억, 아닙니다."

─팔로스 제국의 후예로서, 사막의 대제왕의 길을 걷는 자여, 마지막 시험을 하겠다.

"어떤 시험입니까?"

─그대를 따르는 자들을 이롭게 하라. 끝없이 황폐한 모래에 더 이상 피를 뿌리지 말고, 새로운 터전을 얻어 내라. 누구도 주지 않는다면 칼이 제 역할을 할 것이다. 사막의 전통대로…….

띠링!

팔로스 제국의 건국

위대한 사막은 하나로 통합되었다.
용맹한 전사들이여, 뜨거운 열사의 모래를 벗어날 때가 돌아왔다. 팔로스 제국의 영광이 있던 그곳으로, 강물이 흐르고 수풀이 있는 땅으로 돌아가자.
가장 많은 영토를 얻은 이가 팔로스 제국의 황제가 되리라.

최대 1년의 시간이 주어지게 됨.

난이도 : 지역 제패
보상 : 팔로스 제국의 황제.
퀘스트 제한 : 사막 전사 한정.

"우오오오!"

"전쟁!"

검오치와 수련생들 그리고 연계 퀘스트를 최후까지 진행한 사막 전사들에게 부여된 최후의 퀘스트.

통합된 사막 부족의 전사들을 이끌고 중앙 대륙을 침략하는 것이었다.

사막에도 몇몇 대도시들이 있었으며 유랑민들은 대규모로 목축업을 성공시켰다. 3년이라는 긴 시간 동안 내정에 힘을 쏟을 수도 있었지만, 사막 전사들은 기다림을 몰랐다.

"낙타! 낙타를 가져와라!"

"출격이다."

흉맹한 사막 전사들로 구성된 병력.

사막 부족의 남자들 35만 명이 모여서 하벤 제국의 영토인 옛 아이데른 왕국 지역을 침공했다.

위드의 이익

위드는 헤르메스 길드 유저들을 상대로 싸우며 스스로의 강함을 증명했다.

"놈이 나타났다!"

누렁이와 단둘이 헤르메스 길드 유저들을 습격했을 때였다.

6명이 모여 있던 자리에 빠르게 2개의 파티가 합류했다.

총 21명의 헤르메스 길드 유저들.

암살자와 레인저, 마법사, 기사, 전사, 워리어, 샤먼, 사제로 구성된, 최대의 전투력을 발휘할 수 있는 조합.

"속전속결!"

"놈이 도망치지 못하도록 막아."

"이 자리를 무덤으로!"

위드에게 계속 습격을 당한 헤르메스 길드 유저들은 오히려 그가 찾아오기를 기다린 것이었다.

다른 2개의 파티가 땅속과 수풀 사이에 숨어 있다가 튀어나오며 퇴로를 막았다.

"화염의 일그러진 소용돌이!"

합동 대인 공격 마법까지 발동되었다.

전후좌우에서 일어나는 화염의 기둥!

"음머어어어어!"

유난히 불을 두려워하는 누렁이였다. 웅장한 화염 소용돌이에 의해서 생고기가 되어 버릴 위기!

위드는 헤르메스 길드 유저들에게는 이미 공포의 대명사처럼 불렸다.

전쟁터와 중앙 대륙에서 헤르메스 길드를 좌절시키고 그렇게 많이 사냥을 해 왔는데 무서워하지 않는다면 그게 더 이상한 일일 것이다.

적들이 만반의 준비를 다 해 놓고 기다리고 있었지만 위드의 눈은 화염을 넘어 상대가 착용한 장비들을 보고 있었다.

'펠리컨의 팔찌. 저건 희귀 아이템이다. 시작 경매가가 최소 천만 원이 넘어가는… 견적은 확실하게 뽑혔다.'

위드는 과거 본 드래곤과의 하늘에서의 승부나, 바르칸을 해치우고, 혼돈의 대전사 쿠비챠를 사냥했을 때의 쾌감을 헤르메스 길드를 통해서는 느끼지 못했다.

"콜 데스 나이트 반 호크, 콜 뱀파이어 로드 토리도!"

반 호크와 토리도가 소환되었다.

버거운 적이 등장하면 언제나 함께 싸우는 충직한 부하들.

"불렀는가, 주인."

"밥값해라."

"알겠다."

반 호크와 토리도가 화염의 소용돌이 사이를 뚫고 지나갔다.

"마법사를 지켜라! 장기전으로 이끌면 우리가 이긴다."

기사들과 전사들이 반 호크와 토리도에게 덤벼들었다.

암살자들은 움직이지 않고 맹독을 바른 단검을 쥐고 기다리고 있었다.

그들의 목표는 오직 위드뿐.

"누렁아, 정면으로 가자."

위드가 명령을 했지만 누렁이는 아무 움직임이 없었다. 살 갗을 익히는 뜨거운 불길이 싫었던 것이다.

"음머어어어, 몸이 뜨겁다."

"빨리 싸우러 가자. 여기 있다가는 통구이가 되어 버릴 거야."

"주인, 무섭다. 싸우고 싶지 않다."

"원래 소는 하고 싶은 대로만 하면서 살 수는 없는 거야."

"그래도 싫다. 목숨을 잃을 것 같아서 두렵다."

"어서 움직여. 내가 약속하지. 절대 여기서 널 죽게 하지 않겠다."

"주인……."

"똑똑히 들어. 이렇게 센 불에 죽으면 육즙이 금방 말라버리고 말 거야. 어쩌면 겉은 타고 속은 안 익을지 모르지. 소고기는 그러면 맛이 하나도 없어."

"……."

"알아들었으면 갈 거지?"

스트레스와 협박!

누렁이가 평소답지 않게 명령을 듣지 않고 뒷다리로 땅을 마구 긁었다.

"음머어어어어어어어어어."

> –누렁이가 광란의 폭동을 일으켰습니다.
> 맷집이 230%, 힘이 최대 410%까지 증가합니다.
> 고통을 느끼지 않습니다.
> 마법 저항력이 3배 늘어나게 됩니다.
> 돌격으로 적을 들이받았을 때에 소형 생명체들은 그 자리에서 밀쳐져서 47%의 확률로 즉사, 31%는 기절하게 됩니다.
> 적과 아군의 구분이 희미해집니다. 조금이라도 거슬리는 존재는 적으로 인식하게 될 가능성이 높습니다.

"누렁이가 폭동을……!"

충직한 누렁이이지만 종족의 특성에 따라 드물게 미쳐서

날뛸 때가 있었다.

연속된 사냥과 과도한 위험으로 인해서 스트레스가 잔뜩 쌓인 것.

이럴 때의 누렁이는 친한 금인이나 와이번들도 함부로 대하지 못한다.

'조금만 차분히 생각하면 내가 너무 부려 먹었다는 사실을 알아차릴 수도 있다.'

누렁이의 등에 타고 있는 위드는 최대의 위협을 느꼈다.

헤르메스 길드 유저들과 대판 싸워야 하는 입장에서 누렁이의 광란이라니!

화염의 소용돌이가 더욱 다가오고 있었다.

눈을 뜨기 힘들 정도의 열기와 땅을 헤집는 바람이 느껴졌다.

소용돌이가 교차되면 압력과 열기에 의해 갈기갈기 찢겨 버리게 되는 위험한 대인 마법.

"누렁아, 내 말이 들리니?"

누렁이는 깊은 땅속에 사는 괴물처럼 괴성을 터트렸다.

"으우어어어어어!"

틀림없이 자신의 등에 타고 있는 위드를 점점 안 좋게 보고 있는 것이리라.

누렁이의 눈이 붉게 변해 갔다.

"누렁아, 진정해. 나는 같은 편이야."

"으쿠라롸라라라라라!"

"그러면 나 여기서 내릴 테니까 내일 다시 만나자."

"크큐카카카카카캇!"

설득을 해 보려고 했지만 효과 없는 상태.

광란의 폭동에 의해 누렁이의 근육이 꿈틀거리며 두껍게 팽창했다.

잠잠하기 짝이 없는 폭풍 전야를 지나서 이제 막 시작되려고 한다. 걷잡을 수 없는 분노와 증오가 피어올랐다.

불쾌와 적대감.

사나운 맹수처럼 근육이 부풀어 올랐다.

"저들이다. 저놈들이 적이다."

위드는 손가락으로 헤르메스 길드 유저들을 가리켰다.

"누렁아, 저들이 네 꽃등심을 탐내고 있다. 특히 저 암살자들은 네 엉덩이 살까지 단검으로 잘라 내서 먹으려고 하고 있다."

"끄으으우우우."

누렁이의 붉은 눈동자가 헤르메스 길드의 유저들에게로 향했다.

그들이 무기를 들고 있는 것이 보였다.

그 순간 분노가 마침내 최고치에 달했다.

누렁이가 땅을 긁어 대던 뒷다리를 박차며 총알처럼 튀어나갔다.

보통의 황소처럼 네발로 걷는 의젓한 걸음걸이가 아니라, 사납기 짝이 없는 맹수처럼 뒷다리를 튕기며 뛰어올랐다.

화염의 소용돌이 사이를 단숨에 돌파하여 암살자에게 다가갔다.

위드와 누렁이, 모두 상당한 부상을 입었지만 그쯤으로 목숨이 날아가진 않았다.

"빠르다. 제길!"

방패를 들고 있지 않은 암살자는 독을 바른 단검을 휘두르려고 했지만 늦었다. 누렁이가 앞발로 먼저 후려갈겨 버린 것이다.

콰직!

몸통 공격에 갑옷까지 부서지면서 암살자가 땅에 쓰러졌다.

"꽤액!"

바로 뒤에 있던 워리어는 누렁이의 뿔에 받혀서 수십 미터 뒤로 날아가 버리고 말았다.

적의 공격을 버티기 위해 두꺼운 갑옷까지 입고 있는 워리어가 감당할 수 없는 힘과 충격에 의해 하늘을 날아오를 때의 황당함!

누렁이는 레인저가 화살을 쏘기도 전에 머리로 들이받더니, 반 바퀴를 돌아서 힘껏 뒷다리를 뻗어 걷어차 버리기까지 했다.

위드는 그 틈을 타서 누렁이에게서 뛰어내렸다.

날뛰는 누렁이를 뒤로한 채 헤르메스 길드 유저들에게 덤벼들었다.

"분검술!"

위드의 환영이 30개로 늘어났다.

분검술은 공격력보다는 다수의 적을 목표로 했을 때에 적을 당황시키기에 좋다.

"마, 막아!"

"뭐가 진짜인지 모르는데 뭘?"

"전부 다 막아!"

반 호크와 토리도가 기사와 전사를 막고 누렁이가 활개를 치고 있는 사이에 환영들은 대부분 뒤로 돌아갔다.

마법사, 사제 등을 노리기 위한 전술.

약한 고리부터 끊어 내는 당연한 방식이었지만 가장 효과적이었다.

"크으윽."

위드의 손에 의해 마법사들과 사제들이 허무하게 목숨을 잃고 나서부터는 정리 작업에 들어갔다.

누렁이가 먼저 걷어찼던 암살자와 레인저, 워리어의 목숨을 끊어 주었다.

반 호크와 토리도와 싸우고 있는 기사들과 전사들을 견제해서 하나씩 해치웠다.

조각사로서 아등바등 본 드래곤을 해치우고, 목숨을 걸고 간신히 바르칸을 없앴을 때와는 다르게 세련되게 싸웠다.

유저들이 착용하고 있는 아이템들을 기준으로 해서 레벨을 파악한다.

정확한 아이템의 명칭은 물론이고 옵션과 방어력, 최근 시세까지 줄줄 외우고 있었기에 적을 빨리 파악했다.

검사라고 해도 힘을 위주로 키우느냐, 민첩성을 위주로 하느냐에 따라서 싸우는 방법이 다르다.

생명력과 방어력을 파악하고 취약 부위를 딱 필요한 만큼만 공격했다.

대략의 눈썰미!

아슬아슬한 상황에서 과감한 결단과 행동력이 전투력을 최대로 발휘하게 해 주었다. 조각술 최후의 비기가 생명보험 역할을 든든하게 해 줬기 때문이다.

"조금씩 정리가 되어 가고 있군."

위드는 착실히 1명씩 해치웠고, 그사이에 누렁이는 목숨이 간당간당한 상황까지 놓이게 되었다.

광란의 폭주로 거세게 날뛰면서 헤르메스 길드 유저들의 공격이 집중되었기 때문이다.

누렁이는 비틀거리면서 적과 싸웠다. 몸에는 이미 창과 화살이 몇 개씩 꽂혀 있었다.

무기만 봐도 겁내고 도망치던 평소와는 달리 정면 돌격을 계속했다.

"이렇게 된 이상 이 소라도 죽인다!"

부상이 심한 누렁이에게 헤르메스 길드 유저들이 최후의
공격을 가했다.

붉은 섬광을 일으키는 도끼와 창이 누렁이를 향해 날아가
고 있었다.

위드도 그 모습을 봤다.

체력과 생명력이 다해서 네 다리로 땅에 주저앉은 누렁이
는 피하지도 못하고 꼼짝없이 목숨을 잃게 생겼다.

'누렁이가 죽겠군. 그동안 많이 부려 먹었는데… 참 쓸 만
한 소였지. 목숨은 스스로 지켜야 할 텐데 안됐군. 뭐, 인생
이 그런 것이지. 갈비와 등심은 무사해야 할 텐데.'

옆집 아이가 놀이터에서 놀다가 넘어진 걸 본 것처럼 무관
심한 태도!

'누렁이가 언젠가 죽을 줄은 알았어. 그날이 오늘이 될지
는 몰랐지만……. 다음 생애에는 전투 소로 태어나지 말고
논과 밭을 갈도록 하렴.'

명복을 빌어 주는 잠깐 동안에도 무기들이 날아가고 있었
다.

'근데 요즘에 소값이 떨어졌다던가. 사료값도 건지기 힘들
다는 말이 있던데. 지금까지 누렁이가 먹어 치운 밥값이 얼
마나 됐지?'

막 누렁이의 몸에 적중되기 직전이었다.

"이대로 죽어 봐야 고기값밖에 안 나오니 아직은 더 부려 먹어야 해. 찰나의 조각술!"

세상의 시간이 멈춰졌다.

위드는 쫓아가서 도끼와 창을 쳐 낸 후에 성기사를 향해 검을 휘둘렀다.

시간이 멈춘 상태에서 오로지 혼자만이 활동하기에 아쉬운 순간이란 있을 수 없다.

그리고 다시 흘러가는 시간.

"쿠엑!"

-통렬한 일격!
적의 육체를 소멸시켜 버릴 정도의 충격을 주었습니다.
성기사 파에르토의 얇은 갑옷이 부서졌습니다. 생명력 164,390이 줄어들었습니다.
파문자 파에르토가 사망했습니다.

-데몬 소드의 내구력이 11만큼 감소하였습니다.
최대 공격력이 줄어듭니다.

"끄윽, 이런 공격이라니……."

"블링크를 조심해."

"블링크라니… 분석과는 다르잖아! 혼돈의 대전사도 아닌데 언제 익혔지?"

"정신 똑바로 차려라!"

위드를 상대하는 유저들은 블링크로 착각했다.

블링크는 공격을 당한 직후나, 저주나 마법에 의해 마나가 불안정해지면 사용이 불가능하다.

시야 내에서만 움직이며 워낙 빠르게 순간적으로 나타나기 때문에 그곳에 장애물이나 마법이 지나가고 있었다면 그 자체로 엄청난 타격을 입었다.

그러나 찰나의 조각술은 세상 자체를 멈춰 버리는 궁극의 스킬.

어떠한 제약도 없이 멈춰진 세상에서 혼자 움직이기 때문에 그 사이에 불가능은 없다.

이윽고 모든 헤르메스 길드 유저들이 목숨을 잃었다.

북부로 온 유저들 중에서도 나름 고르고 고른 최정예 유저들까지도 전멸을 당하고 만 것이다.

"역시 시간 조각술은 전투를 위한 것밖에는 쓸모가 없었어!"

위드는 다친 누렁이의 몸에 붕대를 감아 줬다.

광폭했던 누렁이의 눈이 어느새 순박하고 겁에 질린 것으로 바뀌어 있었다.

"많이 다쳤구나. 나도 네가 걱정되어서 편하게 싸우지 못했다. 때론 어렵고 힘들더라도 네 옆에는 항상 내가 있으니까 걱정 마."

"음머어어어."

누렁이를 진정시키고 나서는 위험을 최소화하기 위해 조각 생명체들을 더 많이 데리고 다녔다.

바하모르그, 금인이, 게르니카, 세빌, 빈덱스, 엘틴, 켈베로스. 그리고 하늘에는 와이번들이 떠 있으면, 헤르메스 길드 유저들이 40명쯤 모여 있지 않는다면 상대가 되지 않았다.

살인귀 부대를 발견하면 와삼이를 타고 하늘에서 화살을 쏘며 추격했다.

날개를 넓게 펼치고 바람처럼 계곡을 활강하며 지상을 향하여 화살 세례를 퍼붓는 즐거움!

"내려와라, 이 더러운 놈아!"

하벤 제국의 살인귀들이 욕을 할수록 위드는 만족했다.

"역시 비겁한 방법이 가장 잘 통하는군. 세상의 이치지."

일주일 사이에 레벨을 442에서 무려 4개나 올릴 수 있었다. 수많은 호칭들과 전투 업적들도 남겼다.

매일 전투로 하루를 보냈다지만 단기간에 그야말로 엄청난 성장이었다.

"레벨 올리기가 이렇게 쉽다니… 거의 거저먹는 느낌이야."

헤르메스 길드 유저들이 더 많이 눈에 띄었다면 성장 속도가 더 빨라질 수도 있었겠지만, 그들도 정보망이 있었다. 황소를 타고 다니는 사람, 혹은 하늘에 와이번들이 출현하면 엄폐물에 몸을 숨긴 채로 나타나지 않았다.

위드는 북부 대륙에 헤르메스 길드 유저들이 많아진 걸 기뻐해야 할지 혹은 슬퍼해야 할지 모를 지경이었다.

아르펜 왕국은 현재 환산하기 힘들 정도로 심각한 피해를 입고 있다.

교역이 차단되어 마을과 도시의 생산량이 감소하고 치안이 악화되고 있다는 보고가 들어왔다.

주민들이 굶주리게 되면 도둑 떼로 변할 가능성도 높았다.

중앙 대륙에서처럼 아르펜 왕국에도 도둑들이 들끓게 되는 최악의 사태!

"뭐 훔쳐 먹을 것도 없는 곳인데 말이야."

헤르메스 길드에서 도둑들이나 몬스터들을 방치해 놓고 있다는 소식도 있었다.

식량 창고를 약탈하여 몬스터들을 번식시킨다는 흉흉한 소문까지 들렸다.

어디까지가 사실인지는 몰랐고, 확인할 수도 없었다.

확실한 것은 아르펜 왕국의 전역이 전쟁터로 변하고 있으며, 피해를 입는 사람들이 부지기수로 늘어나고 있다는 점!

영토 곳곳에서 헤르메스 길드 유저들과 북부 유저들이 싸움을 벌이게 되었다.

헤르메스 길드는 개개인이 대단히 강해서 학살극을 펼치곤 했지만 정체가 발각되면 소용없었다.

"저기다! 저쪽에 헤르메스다!"

"우와아아아아!"

어느 곳으로 가든 수백수천 명의 북부 유저들이 쫓아왔으며, 또 그들마저 물리치면 더욱 많은 사람들이 몰려왔다.

도처에서 격렬한 전투가 벌어지면서 아르펜 왕국의 기간 시설과 도로망이 파괴되고, 어렵게 쌓아 놓은 기둥뿌리가 흔들렸다.

"일이 이렇게 된 거, 물 들어올 때 노 저으라는 명언이나 따라야지."

위드는 북부를 사냥터로 여기고 충실하게 헤르메스 길드 유저들을 해치웠다. 그러자 북부 유저들 중에서도 몇몇 강자들이 협력을 했다.

"저기, 레벨 410의 궁수입니다. 이름은 공깃밥추가라고 하는데요, 마판 님의 소개를 받고 왔습니다. 저도 한자리 끼워 주실 수 있겠습니까?"

"흠, 미리 다 알고 왔을 테니 짧게 이야기하죠. 기부금은?"

"가진 돈을 다 털어 어렵게 준비해 왔습니다. 14만 골드입니다."

"엣헴, 이게 다 아르펜 왕국이 어렵기 때문에… 모두를 위한 것입니다."

"저 역시 잘 알고 있습니다. 위드 님이 모라타를 어떻게 키우고 아르펜 왕국을 위하여 얼마나 큰 희생을 했는지를 귀에 못이 박히도록 들었거든요."

"뭘 그렇게… 쑥스럽게요."

"아닙니다. 위드 님이야말로 제 인생의 멘토이며 영웅이십니다."

"……."

모라타의 성장과 아르펜 왕국 건국은 얼마 되지 않은 과거였지만 신화에 가깝게 미화되어 있었다.

모라타에서 주민들과 음식을 조금 나눠 먹었던 밤 축제는 벽화와 조각품을 통해서 태초의 희망제로 불리면서 매년 그날을 기념했다.

위드가 뱀파이어에게서 주민 1명을 구하기 위해서 목숨을 걸었고, 빛의 탑이나 여신상을 탄생시키기 위하여 엄청난 예술혼을 불태웠다는 식으로 과장되기도 했다.

풀죽신교가 부추긴 것도 있을 테지만, 대부분은 다 자신이 사는 고향에 대해 어느 정도는 좋게 생각하거나 미화를 하고 싶어 한다.

아르펜 왕국은 특히 신생 국가였으며 유저들이 초반의 역경을 다 함께 극복했기 때문에 그 감정이 남달랐다.

"으와, 이게 진짜 와삼이구나."

"꾸아아악."

북부의 고레벨 유저들은 조각 생명체를 보며 감동을 받았다.

빙룡, 불사조, 이무기 등 역시도 신화 속의 신수들과 같은 대접을 받았다.

다들 막 태어났던 시기보다는 더 성장을 했기 때문인지 외모도 멋있어졌다.

빙룡은 머리에서 꼬리까지의 길이가 무려 450미터에 달했다.

그야말로 엄청난 크기의 초대형 몬스터였다.

덩치에 비해 힘은 좀 모자라지만 일단 몸이 크니까 위압감이 이만저만이 아니다.

가끔 모라타 주변에서 화가들의 그림 모델이 되어 주면서 용돈 벌이도 가능할 정도!

충직하고 말이 적은 불사조는 그간 사냥을 하며 매력 스텟을 얼마나 올려놓은 것인지 때깔이 훨씬 좋아졌다.

석양 아래에서 불의 깃털을 휘날리면서 날아갈 때의 광채와 아름다움은 북부의 유저들에게 장관으로 손꼽히며 누구나 한번쯤은 보고 싶어 했다.

태생이 짝퉁에 불과했던 이무기는 성장을 하면서 단단하고 우아한 비늘이 온몸을 뒤덮게 되었다.

괴상한 뱀의 형태에서 조금 더 드래곤에 가까워졌다고 할까.

근본이 예술과 관련된 조각 생명체들인 만큼 매력이나 외모에 대해 관심을 많이 가졌다.

그렇기에 성장에 따라서 꽤나 예쁘게 자란 것이다.

때때로 조각 생명체들끼리는 자신들끼리 만나서 외모를 자랑하기도 한다.

대충 양산형으로 찍어 냈던 와이번들은 다른 조각 생명체들과는 매력을 논하지 못했어도 자기들끼리 1, 2위를 가리는 말다툼을 자주 벌였다.

"이런 무능한 놈들. 아무튼 쓸모없는 짓은 골라서 다 하고 있어."

위드의 구박을 항상 받았지만, 사정을 모르는 유저들은 다르게 생각했다.

"위드 님께서 진짜 아름다운 조각품들을 만드셨구나."

"예술가잖아. 그 혼을 화려하게 불태웠을 거야. 그럼에도 완전하지 못함을 탓하는 거지. 영원히 완전해질 수는 없겠지만 그런 걸 추구하는 게 예술가이니 말이야."

"베르사 대륙에서 일부러 조각사를 선택한 이유가 다 있지 않겠냐. 저런 조각품들이 그 결실일 테고."

크면 좋다는 정신으로 막 작업했던 빙룡이 창조적이고 세련된 아름다움의 상징으로 자리를 잡았다.

와이번들은 그 투박함까지도 찬사를 받았다.

직접 만든 위드도 와일이와 와삼이를 빼면 가끔 와이번들을 구분하지 못했다. 매년 미세하게 달라져서 출시되는 에어컨과도 같은 외모라고 할까.

그러나 풀죽신교 유저들 사이에서는 와이번 구분 정도는

최소한의 상식에 속했다.

북부 유저들에게는 위드, 절대적 인기를 누리는 조각 생명체들과 동료가 되어 함께 싸울 수 있는 것만 해도 영광이었다.

"저도 왔습니다. 레벨 430의 마법사입니다. 이름은 로아인데요."

"이런 말 하고 싶진 않았지만 최근 물가가 급등하고 있어서요. 상황이 좀 달라지고 있어요."

"사정은 충분히 알고 있습니다. 여기 17만 골드입니다."

"크흐흐흐, 돈을 만들기가 어려웠을 텐데 말입니다."

"마법 책 몇 권을 팔아야 했지만, 이 영광과 바꿀 수는 없지요."

같이 싸우는 대가로 받는 바가지요금으로 거두는 수익도 계속 커져 갔다.

"대흑자로군. 아르펜 왕국을 팔아먹는 방법이란 끝이 없구나."

헤르메스 길드와 위험한 전투를 펼치면서도 부지런히 챙기는 뒷주머니!

돈도 받고 헤르메스 길드도 더 빠르게 더 많이 퇴치할 수 있어서 일석이조의 효과였다.

위드는 부자 고객들에게 푸짐하게 친절을 베풀었다.

"그쪽으로 3명 갑니다. 잘 처리해 주세요!"

"넵!"

"검 갈아야 하거나, 방어구 닦을 필요 있으신 분? 이건 무료로 봉사해 드립니다."

"오오, 위드 님이 직접 해 주시는 겁니까. 이런 고마울 데가……."

북부의 고레벨 유저들이 위드에 의해서 말 잘 듣는 아이가 되었다.

물론 그들도 어린아이가 아닌 만큼 순수한 선의만 가지고 온 것은 아니었다.

참가 요금이 비싸긴 하지만 위드와 함께한다면 전투를 펼치면서도 안전은 보장된 것이나 다름없다. 또 북부에서는 국왕이며 풀죽신교의 창조주나 다름없는 위드와의 인맥을 만들 수 있었다.

게다가 헤르메스 길드 유저를 처리하면 전리품을 획득하게 될 테니, 운만 좋다면 수십 배의 이익을 보는 것도 가능하다.

무엇보다 높은 시청률을 보이는 텔레비전 방송을 통해서 전 세계에 이름을 알리게 되었으니 이거야말로 북부의 고레벨 유저들이 참여하지 않을 수 없는 노릇.

위드는 새 떼를 통해서 헤르메스 길드 유저들을 발견하는 즉시 자신이 직접 움직이거나 다른 동료들을 보내 처리했다.

사실 참여 인원이 700명을 넘어가면서 군대라고 부를 수도 있는 병력이 되었다.

북부의 최정예 유저 집단.

"위드 님!"

"저도 사냥에 끼워 주세요."

북부의 고레벨 유저들로 구성된 지원자들은 걷잡을 수 없이 늘어났다.

1,000명을 초과했을 때부터는 조각 생명체들을 포함하여 몇 개의 타격대로 나누어서 활동했다.

모라타 부근 같은 장소에서는 순찰 지역을 정해 놓고 활동하도록 했다.

위드는 여러 장소들을 와삼이나 유린의 그림 이동술을 통해 방문했다.

2만 명에 달하는 헤르메스 길드 유저들.

그들은 흩어져 있었으며, 한곳에 뭉치지 못한 채로 계속해서 사냥당했다.

헤르메스 길드 유저들의 생각도 처음과는 바뀌었다.

'초보들 따위 모조리 죽여 주지.'

'길드에서 내 공적을 기억할 정도로 싹 쓸어버릴 거야.'

'마을을 위주로 부순다. 북부 놈들아, 다시 잿더미로 돌아갈 생각을 해라.'

그러다가 위드와 북부 유저들에 의해 목숨을 잃는 경우가 자주 생겼다.

직접 당하지 않았더라도 다른 소문들을 듣게 되었다.

'몸을 사려야 되겠다.'

'확실한 기회가… 습격을 해 봐야 정체가 발각되면 본전도 못 찾아.'

'젠장, 마음 놓고 돌아다닐 수도 없잖아. 이동하기가 겁나.'

2만 명의 헤르메스 길드의 습격을 완전히 방지할 수는 없었지만, 그들이 위축되게 만들었다.

초보자들 몇 명 죽이려고 습격했다가 오히려 쫓긴 끝에 목숨을 잃어버린다면 이만저만한 손해가 아니었으니까.

아르펜 왕국의 피해는 그에 따라 급감했다.

위드가 중앙 대륙에서 날뛰었을 때는 혼자라는 결정적인 장점이 있었다.

추적자들이 찾으려고 해도 위드 1명을 찾으려고 넓은 대륙 전체를 수색하기란 물리적으로 불가능하다.

기동력을 이용하여 어디든 자유롭게 다닐 수 있었으며 조각 변신술까지 썼으니 은닉의 수준이 높았다.

헤르메스 길드 유저들은 개개인이 강하지만 숫자가 많고, 이름이 붉게 드러난다. 자신들의 목숨도 아까워했기에 갈수록 나타나는 일이 감소했다.

아르펜 왕국의 변방 마을에 대한 습격도 어느 정도 잦아들었다.

하지만 실제 피해를 입을 만한 곳들은 모두 폐허가 되어 버린 후였다. 드넓은 폐허와 방랑하는 유민들이 발생했다.

이제 헤르메스 길드 유저들은 심한 딜레마에 빠지고 말았다.

"이건 좀 아니잖아? 괜히 북부까지 와서 생고생을 하고 있는 것 같아."

아르펜 왕국을 잿더미로 만들겠다는 나름의 목적은 달성했다.

너무 쉽게 국력에 중대한 피해를 입혀서, 오히려 시간이 조금 지나고 나니까 할 게 없었다.

이제는 자신들이 추적을 당하는 입장이 되었고, 설혹 수십 명을 해치우더라도 이익과 손해를 따져 보면 적자였다.

"랄랄라."

레벨 30의 초보자들이 걸어 다니는 걸 보면서도 몸을 숨겨야 했다.

괜히 영양가도 없는 초보자들을 건드렸다가 헤르메스 길드 유저들을 사냥하는 무리가 나타나면 곤란하기 때문이다.

"저것들 쓸어버릴까?"

"이빨에 기별도 안 갈 애들 건드렸다가 하루 종일 추격당하고 싶냐."

"잘 숨어. 들키면 곤란하니까."

"이게 뭐야, 도대체."

심지어는 자신들이 부숴 놓은 마을이 며칠 만에 복구되어 있는 황당한 모습도 보게 되었다.

초보 건축가들 몇 명이 연장을 들고 모여들더니 뚝딱뚝딱 해치워 버렸다.

"이 마을은 순전히 판자촌이었는데… 도로 기획도 엉망이었고 말이야."

"좀 제대로 만들어 볼까?"

"아니, 그럴 필요는 없겠지. 그럴 돈이 어디 있어. 누가 와서 살 수는 있도록 대충 지어 버리자."

목재 주택을 몇십 개 만들고 울타리를 두르는 것으로 그냥 끝이다.

"자, 쌉니다, 싸요! 내 집 마련의 꿈이 단돈 4실버. 웬만한 소나기에는 비가 새지 않는 집입니다. 바람에도 거뜬합니다. 건축가의 양심을 걸고 썩은 나무는 쓰지 않았습니다!"

지나가던 유저들은 마을이 생긴 것을 보고는 들어와 집 구경을 했다.

벽이나 기둥이나, 그냥 나무 기둥에 판자 몇 개 연결해서 세워 놓은 게 전부였다.

"공간 괜찮네요?"

"이번에 파괴돼서 새로 지은 집입니다. 일종의 재건축이죠. 거실도 넓게 확장했고, 주방 공간도 넓혔습니다."

"아, 그래서 더 좋아졌구나!"

띠링!

> —주택을 구입하셨습니다.

> —300호 이상의 주택이 분양되었습니다.
> 마을이 복원되었습니다.

중앙 대륙에서, 수백 년 이상의 역사와 문화를 간직한 도시에서 살아왔던 헤르메스 길드 유저들은 당혹스러웠다.

'도시가 이렇게 그냥 만들어지는 거였냐.'

중앙 대륙의 잘 지어진 고급 주택과 상가에는 약탈할 물건들이 잔뜩 있다.

그러나 아르펜 왕국의 판자촌은 약탈해 봐야 나무 식기나 흙으로 빚은 싸구려 도자기 몇 점이 전부였다.

그런데 그게 전 재산인 유저들도 있었기에, 돈도 안 되는 물건들을 부쉈다는 이유로 게시판에서 욕만 어마어마하게 먹었다.

"분명히 우리가 강하긴 한데……."

"약탈자들이잖아. 하벤 제국에서는 다들 우릴 무서워했고. 근데 여긴 분위기가 좀 그렇다."

헤르메스 길드 유저들을 노리는 사냥꾼들도 위드를 따라서 대거 등장했다.

어째서인지 헤르메스 길드에 대한 공포심 같은 게 북부 대륙에는 조금도 없었다.

"놈들을 없애면 엄청난 아이템을 얻을 수 있다고? 흠, 일리가 있어. 중앙 대륙의 좋은 퀘스트와 사냥터를 독점해서 얻은 최고급 장비들을 갖고 있겠지."

"뭐라고? 최소 통닭 수십 마리 값이라고?"

한밑천 잡을 수 있는 기회!

높은 악명을 가진 그들을 해치우면 좋은 전리품을 얻을 수 있다는 소문이 북부에 파다하게 퍼졌다.

걸어 다니는 보물처럼 되어 버려서, 사람들의 시선을 피해 다녀야 했다.

중앙 대륙에서 활동하며 엄청난 피해를 입혔던 위드와는 정말 상황이 완전히 달랐다.

위드는 대지의 궁전이 지어지고 있는 자리에 섰다.

산과 함께 무너진 왕궁의 잔해는 깔끔하게 치워지고 새로운 건물들이 올라갔다.

예전과는 다르게 넓은 구역에 지어지는 커다란 궁전들.

그 너머에는 저 끝이 보이지 않는 평원이 새벽의 도시로 이어지고 있었다.

큰 도로와 수로, 상업 지구와 주택 지구.

강줄기를 따라서 수십만 채가 한꺼번에 지어지고 있었으며, 그마저도 모자라서 더욱 넓게 뻗어 나가고 있다.

베르사 대륙에 지어지는 대규모 신도시라고 할 수 있었다.

시야 전체가 모조리 공사 현장!

아름다운 강과 자연 경치에 어우러지는, 돌과 나무로 지어지는 도시.

'역시 주택 분양이야말로 황금 알을 낳는 거위지.'

아르펜 왕국의 새로운 수도를 이곳으로 정하기 전에 이 주변 지역은 모두 위드의 땅이었다.

개발 전에 미리 사 둔 땅을 통해서 시세 차익으로 막대한 부를 축적할 수 있었고, 상가와 주택 분양을 통해서도 한밑천을 챙겼다.

'역시 사람은 신문이나 방송을 봐야 해. 욕만 할 게 아니라 열심히 배워야 한다니까.'

아르펜 왕국이 위태로워진다고 해서 위드의 호주머니가 메마르는 일은 절대 없었다.

크게 본다면 협소하던 대지의 궁전이 무너져서 아래로 내려온 것이 장기적으로 좋을지도 모른다. 신도시의 입지가 보다 탄탄해졌기 때문이다.

땅 투자는 첫 번째도 두 번째도 입지!

"언덕이나 산으로 올라가기는 힘드니까. 막연히 고개를 올려다보다 보면 왕궁이 있는 것보다는 가까이 있는 편이 땅값에 유리하지."

실제로 대지의 궁전 부근의 집값은 상상을 초월했다.

북부에도 거상들이 등장하고 있었고, 중앙 대륙에서 옮겨 온 고레벨 유저들도 상당히 많았다.

마판 상회가 정치권력과의 야합과 시장 선점으로 인해서 가장 큰 상단을 운영하고 있지만, 중소 상인들의 눈부신 활약은 매일 새로운 대박을 터트렸다.

부자들은 왕궁 주변에 호화 저택을 건축하기를 원했고, 위드는 이를 기쁜 마음으로 받아들였다.

호화 저택으로 인해서 사람들이 빈부 격차를 느껴 문제가 될 여지는 거의 없었다.

로열 로드는 누구에게나 평등한 세상.

사냥이나 모험, 생산, 무엇을 하더라도 좋은 집 정도는 벌어서 장만할 수 있었다.

판잣집도 있지만 대저택도 자리를 잡고 있어야 북부 유저들이 더욱 열심히 생활을 할 것이 아닌가.

아르펜 왕국의 세율은 낮았고, 그에 비해서 지금까지 위대한 건축물을 비롯하여 수많은 개발 사업들이 진행되었다.

그럼에도 불구하고 마르지 않는 왕국의 재정.

그 근원은 기본적으로 위드의 땅 투기와 국가 차원의 주택 판매에 있었다.

건축가들과 결탁하여 국가 소유의 신규 부지를 유저들에게 팔면서 세금으로 충당했던 것이다.

건축가들도 마음껏 재주를 발휘하며 위대한 건축물에 열

을 올릴 수 있었으니 기쁜 마음으로 받아들인 거래.

아르펜 왕국도 현실과 마찬가지로 사연 없는 땅과 건물은 없는 것이다.

"그렇다고 해도 이제는 슬슬 왕국 성장에 한계가 보이고 있는데⋯⋯."

위드는 아직 공터가 많이 남아 있는 새벽의 도시를 보았다.

사람들이 계속 몰려들면서 도시는 북적거리게 될 것이다.

아르펜 왕국은 자유로웠으며 낮은 세금과 풍부한 자원, 초보 유저들의 꾸준한 유입으로 발전 잠재력이 높았으니 말이다.

그러나 헤르메스 길드와 하벤 제국 군대의 습격은 왕국의 지속적인 발전을 더는 불가능하게 만들었다.

지방의 마을들이 파괴되어서 교역로가 끊어졌고, 생산 시설들은 무너졌다.

모라타, 항구 바르나, 바르고 성채, 벤트 성 등 몇 곳에 생산 시설의 70%가 집중되어 있는 실정이라서 피해가 적은 것 같지만 그렇지 않다.

향후 성장해서 지역개발에 중요한 교두보가 될 만한 마을들, 자원과 교통, 상업의 중심지가 될 잠재력 높은 마을이 파괴당했다.

당장 왕국의 군사력과 행정력이 방대한 영토에 미치지 못하게 되었다. 아르펜 왕국은 수도와 몇 곳 외에는 발전하지 못하는 넓고 쓸모없는 땅을 갖게 되어 버린 것이다.

몬스터와 도적 떼가 창궐하는 것은 물론이고, 도시 하나를 개발하기 위해서도 몇 배의 노력이 필요하게 될 것이다.

"모라타 주변이나 새벽의 도시 부근에서만 습격자들이 노는 게 아니라… 장기적으로 북부 전역으로 흩어져 버리면 그때부터는 정말 어려워지겠지."

최악은 그것뿐만이 아니었다.

헤르메스 길드에서 대규모 습격단을 2차, 3차까지 보내온다면 아르펜 왕국의 성장 잠재력을 완전히 끊어 버리게 될 것이다.

아르펜 왕국으로서는 가장 생각하고 싶지 않은 시나리오지만 분명히 효과적인 전략이었다.

"세상에는 나보다 똑똑한 사람이 많아. 그러니까 충분히 계속 공격을 할 수 있겠지. 행운을 바랄 수는 없어."

위드는 결단을 내려야 할 시점임을 깨달았다.

"아르펜 왕국의 숨통을 조일 생각이라면 그에 대비할 방법은 없다. 그러나 하벤 제국도 정상은 아니야."

하벤 제국 역시 내정이 엉망진창이었으며, 지난 정복 전쟁으로 인해 파괴된 시설도 복구하지 못하고 있었다.

베르사 대륙에서 중앙 대륙을 차지한 하벤 제국과 북부 대륙에 자리 잡은 아르펜 왕국이 모두 정상이 아니다.

"앞으로는 누가 먼저 쓰러지느냐의 싸움이 되겠군."

위드는 전면 전쟁의 결정을 내렸다.

하벤 제국과 협상을 통해서 다시 한 번 원만한 관계를 노력해 볼 수 있기도 했다. 서로 시간 벌기에 불과할 테지만 원하는 바가 맞는다면 타협을 할 수 있었다.

그러나 훗날의 이익을 고려하여 아르펜 왕국의 요지들마다 사 놓은 부동산 가격이 폭락하고 있었다.

북부 대륙에 세워지고 있던 위대한 건축물들도, 열악해진 치안으로 더 이상 공사를 지속하지 못했다.

하벤 제국을 무너뜨리는 것 외에 남은 방법이 없게 되었다.

북부 유저들 중에서 대지의 궁전 전쟁을 겪었던 이들은 아픔을 잊지 않았다.

"놈들은 분명히 또다시 우릴 침략할 것입니다. 미래를 대비합시다. 마땅히 다시는 오욕의 역사가 되풀이되지 않아야 할 것입니다."

헤르메스 길드가 쳐들어오리라는 것은 누구나 다 알았다.

그때가 언제가 될지 모르지만 두 손을 놓고 가만히 기다리고 있을 수만은 없었다.

아르펜 왕국을 고향처럼 느끼고 있었고, 헤르메스 길드에 지배를 당하면서 살고 싶진 않았기 때문이다.

풀죽신교의 고위층에서는 매주 계속 회의를 열었다.

"국왕 위드 님이 대비를 하고 있겠지만 아무래도 혼자의 힘으로는 역부족입니다. 세력이 없기 때문이지요."

"우리가 지지를 해 주고는 있습니다만."

"개개인이 흩어져 있습니다. 지난 전쟁에서도 그랬듯이 인해전술은 한계가 너무나도 명백해요."

"으음, 엄청난 피해를 입으면서 간신히 막아 내는 것이 고작이었지요."

"하벤 제국의 군대가 계속 공격을 해 오면 반복되는 피해를 지금처럼 막아 내기란 실질적으로 어려울 것입니다. 계속 부서지고 파괴되고. 우리의 미래란 없지요."

"정예군을 양성해 봅시다. 조인족이나 여러 가지 자원을 최대한 활용한다면 할 수 있는 게 아주 많습니다."

풀죽군의 탄생!

그들은 아르펜 왕국만의 군대가 아니었다.

풀죽군 강령

1. 우리는 베르사 대륙의 평화를 위하여 창설되었다. 불의를 용납하지 않으며 모든 사람들을 위하여 싸운다.

2. 풀죽군을 위하여 풀죽신교의 유저들은 매달 일정액을 기부한다. 기부 액수는 스스로의 양심에 맡긴다.

3. 풀죽군은 자발적으로 참여할 수 있다. 단, 소속된 유저는

능력에 따라 배치되며, 전쟁이 벌어질 시에는 소집에 응해야 한다.

북부 유저들은 명예로운 풀죽병들의 노력과 헌신에 대해 존중한다. 상점에서의 혜택과 사냥·퀘스트에서의 최상의 복지를 지원한다.

4. 병사들은 현역병과 예비병으로 분류한다. 현역병은 매달 1회에서 2회의 군사훈련을 반드시 받아야 한다. 소모품 등은 군대에서 미처 마련해 주지 못하므로 본인이 직접 지참하도록 한다. 형편이 나아지면 지급한다.

5. 풀죽군을 대표하는 총사령관은 전쟁의 신 위드가 맡는다. 전투 중에는 필요에 의해 각 군의 중간 지휘관을 둔다. 총사령관은 전쟁의 선포와 휴전, 평화 협상 등의 권한을 갖는다.

풀죽신교라고 하여도 아르펜 왕국을 위한 충성 부대라고 한다면 미묘한 불편함을 느낄 수 있다.

그렇기에 풀죽군으로 별도의 편제를 갖지만 전쟁이 벌어지면 위드의 명령을 따르게 했다.

사실 풀죽군이 창설되어도 수백만 명 이상을 무리 없이 이끌 수 있는 사람은 위드뿐이기도 했다.

위드의 입장에서는 이렇게 생각했다.

"계란이나 달걀이나… 부르기에 따라서 딱 그 정도 차이지.”

다들 비슷하게 생각했지만 풀죽군이라면 북부를 지키는 의용병이라는 훨씬 산뜻한 이미지가 난다.

아르펜 왕국군이 아니라서 누구나 자유롭게 가입할 수 있었다.

풀죽군은 이미 4백만 이상의 병력을 보유했다.

어지간한 국가의 총병력 숫자를 가뿐하게 넘어가는 병력 규모!

현실에서의 군 고위 계급 출신 등을 통해 기본적인 편제를 갖춰서 전투력을 발휘할 수 있는 부대가 되었다.

풀죽 육군, 풀죽 해군, 풀군 공군, 풀죽 사관학교, 풀죽 병무청까지도 설립했다.

초보 중의 초보인 죽순죽들은 레벨 40이 넘으면 자원하는 사람에 한해 전투 교습을 받도록 하여 그들을 예비군으로 편성하는 제도까지도 준비 중에 있었다.

그들은 아르펜 왕국을 지키기 위한 대비를 하였지만 헤르메스 길드가 너무 빨리 침략했기에 대처하지 못했다.

풀죽군의 고위 인사들이 회의를 열었다.

“군대를 동원하여 놈들을 몰아냅시다.”

“놈들을 쫓아다니기에는 군대라는 조직은 효율적이지 않습니다.”

“일종의 대테러 전쟁인데… 으음.”

"한 30만 명 정도를 대테러 전담 풀죽군으로 창설할까요?"

"조직만 늘린다고 될 게 아닙니다. 제대로 된 실력을 갖춰야 합니다."

그들이 우왕좌왕하고 있을 때에 위드가 헤르메스 길드의 침입자들을 찾아내서 격퇴하고 있다는 내용이 방송으로 나왔다.

"과연… 국왕 폐하."

"으음, 저런 방법이 있었다니 놀랍군요. 북부 유저들이 알아서 막을 수도 있을 것 같습니다."

"그래도 왕국에 피해가……."

"지금부터는 적을 겁니다. 적들도 스스로 조심하게 될 테니까 말입니다."

풀죽군에서는 그럼에도 심사숙고했다.

침략을 받았음에도 불구하고 아무 조치도 취하지 않으면 군대가 아니다.

이미 아르펜 왕국은 영토의 삼분의 일가량을 하벤 제국에 빼앗긴 상태였다.

"어떤 방식으로 보복을 할지……."

"우리가 결정을 하더라도 풀죽 병사들은 물론이고 북부 유저들이 동참을 해 줘야 합니다."

그리고 그들에게 위드의 쪽지가 전해졌다.

봄이 다가왔습니다.

대륙 전체가 풀밭으로 변하게 될 것입니다.

"이것은 전쟁 선언 암호가 맞네요."

"해봅시다. 위드 님이 칼을 뽑아 들기로 했다면 더 이상 참을 것도 없습니다."

"사람들에게 알려야겠습니다."

풀죽군에서는 정식으로 하벤 제국에 선전포고를 하기로 했다. 그 방법도 모두에게 확실히 알려지도록 방송국을 이용했다.

베르사 대륙 이야기.

생방송에 풀죽신교의 성녀 레몬이 직접 참여했다. 그녀는 교복을 입고 있는 여고생이었다.

오주완이 심각한 얼굴로 물었다.

"진심이십니까? 아르펜 왕국과 풀죽신교에서 합동으로 하벤 제국을 침공하겠다네요. 성격상 대륙 전체가 전쟁에 빠져들게 될 텐데요. 그 파장은 모든 사람들을 휩쓸 것입니다."

"네. 우리는 결정을 내렸어요. 헤르메스 길드는 이 대륙의 모든 사람들을 괴롭히고 있어요. 그들을 물리치기 위해서 선량한 사람들이 모여야 해요. 우리가 지금 나서지 않는다면 기회는 없을 거예요. 오직 그때 싸우지 않았음을 후회하고 말겠죠."

헤르메스 길드를 거침없이 악으로 표현하는 레몬.

아르펜 왕국의 유저들은 물론이고, 베르사 대륙에서 헤르메스 길드에 피해를 받지 않은 사람은 드물었다. 그들에게 함께 싸울 명분을 방송국을 통해서 전달했다.

헤르메스 길드와는 이미 적대적이었기 때문에 꺼릴 것 없이 이야기할 수 있었다.

"풀죽군에서는 의로운 사람들을 기다리고 있어요. 베르사 대륙의 시간으로 이틀 후부터 새벽의 도시 남쪽 평원에서 모이게 될 거예요. 부디 이 방송을 보시는 여러분도 참지 마시고 꼭 그곳으로 오시길 바라요."

산뜻한 예고 교복을 입고 있는 여고생의 외침.

하루의 해가 저물고, 이틀이란 시간이 금방 지나갔다.

그다음 날 새벽의 도시 남쪽 평원은 땅을 볼 수 없었다. 도시에서부터 남쪽으로 끝없이 사람들이 뒤덮었던 것이다.

"뭐야, 여기가 맞아?"

"왜 이렇게 많아. 지나가게 좀 비켜 주세요."

"사람들이 한가득이야."

"어디에 줄을 서면 돼?"

"야, 여기 뭐냐."

"저 멀리까지 끝이 없어. 좌우로도 대체 어디까지 이어진 거야."

풀죽신교의 자연스러운 세력 과시!

북부 유저들이 접속하여 일제히 몰려든 것이다.

"비가 오려나. 왜 이렇게 어두워."

"얼굴에 뭐가 떨어져서 묻었는데. 허억, 새똥이다!"

사람들이 하늘을 보니 시커먼 무언가가 뒤덮고 있었다.

조인족들!

최근 인기를 끌고 있는 조인족 유저들이 하늘을 장악했다.

"째재재재잭."

"꼬끼요옷!"

"키야아아아아악!"

"제자리에 있어요. 다른 사람 날개 치지 말고요. 기본적인 매너는 지킵시다."

"짹짹, 밤부엉이들은 눈부시다니까 아래쪽으로 내려가세요."

"발톱이나 부리 조심합시다!"

편안하게 날갯짓을 하기 힘들 정도로 빼곡한 하늘.

풀죽 유저들은 이미 전쟁에 대해 공감대를 형성하고 있었다.

'아르펜 왕국의 영토를 되찾는다.'

위드가 적극 나선 이상 풀죽 유저들이 따를 이유는 충분하다.

헤르메스 길드와 하벤 제국이 무섭지도 않았다.

중앙 대륙에서야 어떤 세력도 힘과 인원수로 헤르메스 길드에 견줄 수가 없었지만, 북부 대륙에서는 다르다.

싸우면 매번 이겼으며 숫자상으로도 압도하고 있다.

일단 결과야 싸워 봐야 알겠지만 머리 숫자의 위대함은 분명 있었다.

종합 격투기 선수보다도 밤길에 마주친 중·고등학생 10명이 더 무서운 세상이었다.

"엄마, 싸우는 거야? 왜? 우린 대장장이잖아."

"아, 몰라. 옆집 아줌마들 다 움직였어."

"여보, 이쪽이오?"

"빨리 와요. 우리 동네 계군 아줌마들 전부 다 왔는데 우리만 늦었잖아요."

백만 명쯤이 움직이면 뭣도 모르고 일단 따라가 보는 게 사람의 마음.

천만 명이 훌쩍 넘어가는 인원이 동참하는 일인데 괜히 끼지 않으면 섭섭한 마음도 들었다.

즉석으로 장이 서고, 상인들이 북부 유저들에게 물건을 팔았다.

"자, 쌉니다, 싸요. 행군용 신발이 단돈 2골드. 크기별로 다양하게 있으니까 신어 보고 고르세요."

"방한용 모포. 덮고 자도 따뜻한 모포. 중고 직거래입니다."

"딱 세 분에게만 파는 여행자용 지도. 여기서 남쪽까지 다 나와 있어요!"

전쟁을 앞둔 유저들은 씩씩하게 이야기했다.

"헤르메스 애들이랑 자주 싸우면 좋겠다."

"왜?"

"재밌잖아. 떠들썩하기도 하고."

"사냥터에서 쭉 지내다가 한번씩 놀아 주고 말이지?"

"그렇지. 한꺼번에 몰려드는 맛이 아주 끝내준다니까."

헤르메스 길드와의 전투가 일종의 연례행사처럼 인식되고 있었다.

자신들이 전투를 펼치면 방송국을 통해 전 세계에 보이게 된다.

헤르메스 길드와의 전쟁은 북부 유저들이 사냥에 전념하는 동기부여도 되었다.

특히 지난번 대지의 궁전 전투에서 새로운 풀죽 군단이 선을 보였다.

벌레죽!

시커먼 옷과 더듬이 모자를 쓰고 무기까지 검게 물들인 채 적을 향해서 돌진한다.

하늘에서 보면 정말 멋진 광경이기 때문에 최근에는 벌레죽에 가입하는 유저들이 크게 늘었다.

다만 진짜 꼽등이죽을 먹어야만 했기에 중도 탈퇴도 많이 이루어졌다.

"근데 위드 님은 언제 오려나."

"출정식은 화려하게 하겠지?"

북부 유저들이 재잘재잘 떠들어 댔다.

새벽의 도시에서부터 갑자기 커다란 소란도 일어났다.

"우와앗, 전사 파이톤 님이다!"

"모험가 스펜슨 님도 직접 참여하셨어."

여간해서는 이 소란이 가라앉기가 힘들 것처럼 여겨졌다.

위드나 성녀 레몬이라도 등장한다면 이 분위기는 더욱 과열되어 끝을 모르게 될 것이다.

그러나 그때였다.

동쪽에서부터 유저들이 웅성거리더니 빠르게 남쪽으로 내달렸다.

"뭔데?"

"뭐야, 저쪽은? 출정식도 안 했는데 벌써 싸우러 가는 거야?"

"행사도 없이 가기에는 허전한데……."

위드가 등장해서 격려의 말 한마디라도 해 주기를 바라는 군중의 기대심. 멋진 출정식을 펼치고 잔뜩 고양된 용기로 하벤 제국과 싸우고 싶었다.

그러나 동쪽에서부터 유저들 사이로 빠르게 소식이 전달되었다.

"야, 온대!"

"누가 오는데?"

"오크 군단!"

"뭐, 뭣이!"

저 멀리 동쪽, 산 하나가 있었다.

산 너머 뒤쪽으로 먼지구름이 자욱하게 치솟아 있는 게 보였다.

사막의 모래 폭풍만큼이나 무시무시한 먼지구름이 다가오고 있는 광경.

맞은편 다른 방향에서도 먼지구름이 일어났다.

"저쪽은 어디야?"

"죽순죽."

"끝이 없나 보구나. 많다, 진짜…….'"

인산인해를 이룬다는 말이 무슨 뜻인지 실감이 났다.

유저들이 산을 정면에서 뒤덮으면서 다가오고 있었으니 이것은 상상할 수 있는 그 이상의 충격이었다.

"급보야. 저 사람들, 죽순죽 유럽 부대야."

"뭐라고?"

"유럽 1차 부대가 오고 나면 아프리카, 아시아, 아메리카 쪽에서 온다는데. 조인족 1명은 그걸 구경하려다가 현기증이 나서 추락했대!"

새벽의 도시 남쪽에 모여 있던 유저들은 불안감에 휩싸였다.

다 함께 베르사 대륙을 자유로 이끌기 위해서 모인 동료들.

당연히 많을수록 좋지만, 먼저 와 있는 입장으로서는 당장
의 안전이 걱정되었다.

"가, 가자!"

"깔려 죽고 싶지 않으면 어서 하벤 제국 놈들한테 가야 돼!"

새벽의 도시 근처에 모여 있던 풀죽군이 그대로 남하하기
시작했다.

그러나 몇 시간 후에도 사람들은 계속 모여들어 군중의 규
모는 결코 줄어들지 않았다.

"조퇴하고 왔는데 안 늦어서 다행이네요. 독버섯죽 49차
부대는 어디 있죠?"

"벌써 진작 남쪽으로 출발했어요."

"으어, 이런! 지각이다!"

사람들은 말을 타거나 두 다리를 재게 놀려 남쪽으로 뛰어
갔다.

"후후, 우리 신흥 햄버거죽은 집결 시간을 늦춘 보람이 있
군요."

"믿으십시오. 건강을 위한 현미죽이야말로 이 세상을 구
원할 수 있는 부대입니다."

"우린 감귤죽의 영혼을 성전에 바치기 위해 모였습니다!"

"열대 과일의 꽃 망고스틴죽이여, 과일 그만 까먹고 모여
서 어서 이동합시다!"

새로운 풀죽신교의 지부들이 자리를 채우고 이동했다. 그

리고 마침내 오크들이 등장했다.

"추이익!"

"칫."

얼굴이 붉게 달아오른 성난 오크들이 말했다.

"돼지죽 1819부대 도착했다, 취이이익!"

블랙소드 용병단의 미헬, 로암 길드의 로암, 사자성의 군트, 흑사자 길드의 칼리스, 클라우드 길드의 샤우드.

과거 중앙 대륙을 나눠서 지배했던 세력의 대표들이 다시 한자리에 모였다.

"축하드립니다, 미헬 님."

"이번 그라디안 왕국의 전투는 정말로 감명 깊었습니다. 헤르메스 길드 놈들도 가슴이 뜨끔했을 겁니다."

"후후, 뭘요."

그들은 훈훈한 이야기들을 먼저 나눴다.

헤르메스 길드에 의해 패배한 후에 도망자로서 쫓겨 다니다가 일제히 반란을 일으켰다.

곳곳에서 저항을 하고 있었지만 전투가 벌어지면 얼마 남지 않은 세력이나마 피해를 계속 입었다. 소속 길드원들이 이탈하는 경우도 자주 발생해서 결코 행복하지만은 않은 시기였다.

이런 상황에서 전해진 미헬의 승전보야말로 통쾌한 사건이었다.

오늘의 만남을 주선한 로암이 본론을 꺼냈다.

"그보다도 우리의 계획에 대해서 이야기를 해야 할 것 같습니다."

"무슨… 하벤 제국을 공격하는 방침에 변경이 있는 것입니까?"

샤우드가 관심을 드러냈다.

클라우드 길드는 가장 많은 인원수를 자랑했던 만큼 세력 위축도 심각하다. 어서 빨리 과거의 성세를 되찾고 싶었다.

"우리가 하벤 제국에 막대한 피해와 경제력 손실을 입히고 있습니다만 그보단 더 확실한 방법이 필요합니다."

"어떤……?"

"저도 잘 모릅니다."

"예? 지금 장난하시는 겁니까?"

샤우드가 버럭 화를 내려고 하는데, 로암이 먼저 종이를 한 장 꺼냈다.

"저에게 위드로부터 이런 메시지가 왔습니다."

잠시 쉬면서 전력을 가다듬고 있을 것.
때가 되면 나서라.

"위드의 편지입니까? 그렇다면 또 한 번 하벤 제국에 엿을 먹일 만한 계획이 있단 뜻인데!"

"오호라, 곧 사건이 일어나겠군요."

미헬이나 칼리스는 좋아하는 반면 군트나 샤우드는 시큰 둥한 기색이 역력했다.

"경솔하군요. 예의도 없고."

"이거야 무슨… 우리가 제 놈의 부하도 아니고. 자꾸 건방 지기 짝이 없군."

헤르메스 길드를 상대하기 위해서는 자신들로서는 역부족 이다. 하지만 자존심 때문에라도 위드의 밑으로 들어가서 그 의 명령을 따르고 싶지만은 않았다.

샤우드는 고개까지 돌려 버렸다.

'차라리 그냥 지켜보는 게 낫지. 헤르메스 길드나 위드가 실컷 싸우게 내버려 두면 어부지리를 노릴 수도 있다. 그게 아니더라도… 클라우드 길드가 움직일 더 좋은 기회가 나타 날 거야. 아니, 그렇다면 일단 여기서는 명령을 따르는 척이 라도 해 줄까. 실제로 어떻게 움직이느냐는 내 이익에 따라 서 결정하면 되니까.'

샤우드의 머릿속이 바쁘게 움직였다.

헤르메스 길드에 피해가 생길 수 있다니까 일단 기뻐하며 반기던 미헬과 칼리스도 곧 이해득실을 따지기 시작했다.

'뭔가가 벌어질 거다. 그건 확실하다. 내가 최선의 이득을

얻을 수 있는 방법은?'

'위드와 헤르메스 길드가 싸우는 건 나쁘지 않아. 양쪽 다 힘이 빠지면 최선의 결과지만 가능하면 위드가 오래 버티는 쪽이 낫지.'

편지를 본 이후로 다들 침묵을 지켰다.

암묵적으로는 어쨌든 위드의 말을 듣기는 해 줄 것이다. 그들이 겪고 있는 상황이란 결코 녹록지 않았으니까.

또 위드의 편지라는 게 그들에게 구체적으로 어떤 손해를 끼치는 것도 아니었다.

로암은 여기서 한 발자국 더 나아갔다.

"위드가 무엇을 꾸미는지는 밝혀지지 않았습니다. 하지만 우리는 이 자리에서 약속합시다. 무슨 일이 벌어지든 위드를 지지해 주기로."

이번에 이익을 봤던 미헬은 가만히 있었다. 그러나 군트는 고개를 갸웃거렸다.

"그럴 필요까지 있습니까? 우리가 그와 어떤 협정을 맺은 것도 아니고."

다른 세력의 수장들 역시 시큰둥했다.

샤우드는 아예 미쳤냐는 눈빛을 보내고 있었다.

어떤 이득도 없이 위드를 도울 필요는 느끼지 못했던 것이다.

"제가 마음이 급했습니다. 제가 생각하고 있는 것들을 잘 설명을 드려야겠군요."

로암은 그들의 입장을 충분히 이해했다.

위드에 대해서 가장 잘 알고 있는 사람이 자신이다.

그는 지독하고 단순한 것 같지만 상대방을 괴롭힐 줄 알았다. 본능적으로 약점을 파악하고 집요하게 노리며, 자신의 상황에 맞춰 가며 유리한 방향으로 적을 이끌 줄 알았다.

위드에 대해서 깊게 생각하다 보니 헤르메스 길드까지도 이어지게 되었고, 지금의 상황을 되짚어 보다가 깨닫게 된 중요한 측면이 있었다.

"현재의 상황을 일목요연하게 정리를 해 보자면, 우리가 헤르메스 길드에 의해 패배를 겪었을 때의 일부터 해야겠습니다."

로암은 긴 이야기를 시작했다.

이제는 누구나에게 알려진, 대륙 제패를 위한 헤르메스 길드의 탄생 목적.

하벤 왕국에서부터의 차근차근 전개된 다양한 준비들.

그들도 다 아는 내용이었지만 각 세력들을 대표하는 수장들은 잠자코 로암의 말을 경청했다.

"헤르메스 길드는 완벽했다고 할 수 있습니다. 스스로의 힘을 기르고 쌓아 가는 것에서부터 우리를 격파하는 것까지, 중앙 대륙을 일통한 하벤 제국의 건설은 그야말로 장대한 계획의 결정판이었습니다."

로암의 이야기를 듣다 보니 기분은 나빴지만 고개를 끄덕일 정도로 수긍이 되었다.

헤르메스 길드는 그 전력이 대단할 뿐만 아니라 철저하게 준비해서 일을 처리했다.

중앙 대륙이 그들에게 넘어간 것도 지금 보면 당연한 일이었다.

"하지만 이제 와 다시 생각해 보니까 헤르메스 길드가 약화된 이유를 알게 되었습니다."

"약화된 이유요?"

"네. 헤르메스 길드에서는 모든 초점을 중앙 대륙의 장악에 맞춰서 계획을 진행시켰습니다. 아마도 동부나 북부 그리고 최근에 남부에 사람들이 가게 된 것은 예상 밖이었을 것입니다."

미헬이 중얼거렸다.

"그것은 굳이 약점이라고 할 수는 없는데."

"물론 그렇습니다. 중앙 대륙을 장악하면 베르사 대륙을 통일한 것과 마찬가지라고 생각할 수도 있었으니까요."

중앙 대륙 사람들은 다들 그렇게 생각했다.

얼마 전까지만 해도 변경 지역은 경제력이나 기술력이 낙후되어서 경쟁 상대로 부각되리라고는 생각도 못 했으니까.

"하지만 보시다시피 마지막 고비를 넘지 못하고 있지 않습니까? 중앙 대륙만 있었다면 하벤 제국은 이미 전 대륙을 통일했을 것입니다. 그러나 현재는 완전한 대륙 통일의 길이 상당히 멀어진 것입니다."

"영토가 너무 넓어진 것인가……."

"그렇지만 이런 약점은 너무 뻔한 것인데."

군트, 샤우드도 선뜻 공감은 하지 못하는 눈치였다.

로암은 계속 말을 이었다.

"불안정한 치안이나 주민들의 낮은 충성심도 원인이라고 할 수 있습니다. 헤르메스 길드의, 소위 말하는 무적 군단의 연이은 패배도 마찬가지입니다. 그리고 황궁까지 부서졌죠. 자, 여기서 중요한 게 나옵니다. 이 모든 약점들이 드러난 건 누구 때문일까요?"

각 세력의 수장들은 잠시 생각해 보다가 누군가의 이름을 동시에 떠올렸다.

"위드!"

"맞습니다. 바로 그입니다. 그가 이 세상에 없었다면 헤르메스 길드는 진작 베르사 대륙을 완전히 정복했습니다. 그리고 그 누구도 헤르메스 길드에 대항할 여지를 갖지 못했을 것입니다."

위드가 없었다면 북부 대륙은 여전히 미개발 지역일 가능성이 높다.

엠비뉴 교단에 의해 동부는 파괴되었을 것이고, 남부 역시 사막 대제왕의 후계자 같은 엄청난 퀘스트는 발생하지 않았을 것이다.

헤르메스 길드가 자랑하는 무적 군단이 북부까지 가서 전멸하는 수치도 생기지 않았을 테고, 지금쯤에는 하벤 제국의 온전한 모든 전력이 중앙 대륙의 통치에만 집중될 수 있었을 것이며 혼란도 최소화했을 것이다.

만약 일이 그렇게 진행되었다면 자신들과 같은 반란군 역시도 더욱 고전을 면치 못했으리라.

중앙 대륙의 유저들 역시 북부로 빠져나가지 않았을 테고, 경제력 손실 같은 것도 최소한의 수준에 그쳤을 테니까.

'이 모든 게 전부 위드 때문이라는 건가.'

'번번이 헤르메스 길드의 발목을 잡았다고 생각했는데… 라페이가 세운 장시간의 계획 너머에서 활약하며 이를 망쳐 놓고 있었던 것이다.'

위드가 중앙 대륙에서 시작했다면 심한 견제를 받아 이런 전개도 불가능했을 것이다. 그러나 그는 로자임 왕국에서 시작하여 북부에서 세력을 키웠다.

'의도한 것일까? 계획적으로 헤르메스 길드의 허점을 노리는 게 가능한 건가?'

한 세력을 대표하는 자들이었지만 위드의 황당하기까지 한 활약과 영향력 앞에서는 침묵을 지킬 수밖에 없었다.

베르사 대륙에 개인이 일으켜 놓은 변화가 너무나도 크다고 느껴졌으니까.

단순히 몇 번의 승리만이 아니라, 그의 모든 움직임이 헤르메스 길드를 약화시키는 결과를 끌어냈다.

뒤늦게 깨닫고 나니 놀라운 일이었다.

"위드가 모든 사건들을 일으켰습니다. 라페이와 헤르메스 길드가 그린 그림에 위드는 없었습니다. 그러므로 우리가 그를 적극 지원해야 하는 이유로는 충분합니다."

로암의 당당한 선언과도 같은 말에 더 이상 틀렸다고 반대하는 사람은 없었다.

위드가 아니었다면 현재도 없었을 테니까.

커다란 세력을 이끌고 있었지만 헤르메스 길드에는 너무나도 쉽게 약점을 공략당하며 격파되었기에 그들에 대한 공포심이 있었다.

싸우고 괴롭힐 수는 있어도 자신들의 실력으로 헤르메스 길드를 넘을 수 없다는 현실을 인정했다.

로암이 자조적으로 말했다.

"위드를 도와야 합니다. 그에게 당해 본 사람은 알겠지만, 다른 선택권이 없습니다. 위드와 적대하다가 만의 하나라도 그가 대륙을 제패한다면 우린 헤르메스 길드보다 더한 최악의 인물을 적으로 돌려야 할 테니까 말입니다."

푸홀 요새

유병준은 인공지능을 통해서 로열 로드에서 벌어지는 일을 계속 지켜보고 있었다.

"대륙 전체가 전쟁에 휩싸였군."

하벤 제국의 정예 병력이 수비를 위해 북쪽과 남쪽으로 이동하고 있었으며, 아르펜 왕국 역시 시작과 끝을 알 수 없을 정도로 엄청난 규모의 유저들이 전투를 위해 이동하고 있다.

과거에는 몇 사람의 결단으로 전쟁을 일으키거나 멈출 수 있었지만 이젠 결판을 지어야 할 때가 다가오고 있었다.

유니콘 사에서도 이번 전쟁이야말로 간단하지 않다고 분석했다.

강대한 하벤 제국의 통치에는 넓고 큰 균열이 생겨났으며,

정체된 아르펜 왕국이 더 성장하기 위해서는 적을 물리치지 않을 수가 없게 되었다.

전쟁이 벌어지면 수많은 영웅들이 떠오르고, 그만큼의 별들이 사라지게 된다.

각 방송국들에서는 이미 특집을 위한 스페셜 연출 팀들을 가동하고 있었다.

패자의 결전

베르사 대륙을 지배할 최후의 승자는 누구인가!

다시 피어오른 대제왕의 꿈

다양한 제목들을 달고 전쟁을 기다렸다.

베르사 대륙에 일찍이 단 한 번도 존재하지 않았던 규모의 전투가 벌어지게 될 것으로 예상되었던 것이다.

그 영향은 대륙 전체에 휘몰아칠 것임에 틀림없다.

전쟁의 최종 승리자가 베르사 대륙을 지배하게 되는 것은 너무나 당연했다.

"큰 이변이 없는 한 바드레이나 위드, 두 사람 중 1명이 로열 로드를 통일한 최초의 황제가 되겠구나."

지켜보는 와중에 유병준에게는 아쉬움이 참 많이 들었다.

"조금 더 잘할 수 있는 방법들을 놓치다니."

위드의 존재는 로열 로드에서 한참 뒤늦게 시작되었다.

애초에 위드가 조금 더 일찍 로열 로드를 시작했다면, 그리고 전투 계열의 직업을 선택해서 오직 강해지는 것만을 바라보았다면 어떠했을까.

사막의 대제왕 퀘스트를 보면서 충분히 그 과정이나 결말을 짐작할 수 있었다.

만약 검사나 무예인 최후의 비기를 얻어 냈다면 바드레이라고 해도 단독 전투력으로는 전혀 상대가 되지 않았을 것이다.

하늘 아래 적수가 없을 정도의 강자가 되어서 새로운 길을 앞장서서 열어 갔을 수도 있다.

지금도 퀘스트를 통해서 북부를 개척하고 유저들을 이끌고 있지만, 많이 다른 모습이었을 것이다.

힘으로 부하들을 이끈다면 그 전투부대의 능력은 무적, 그 이상이었을 테니까.

위드가 보여 준 끈기나 이룩한 성과들을 감안한다면 너무나 아까웠다.

"도대체 어떤 사연 때문에 로열 로드를 빨리 시작하지 못했지?"

유병준도 그 때문에 인공지능을 통해서 상세한 뒷조사를 했다.

과거의 일이라고 해도 모든 기록 장치들을 조사한다면 밝혀낸다는 게 불가능하진 않은 시대였다.

"교통사고나 뭐 어쩔 수 없는 사정이 있었을까?"

인공지능은 미국과 한국의 군사용 인공위성을 비롯하여 동원 가능한 모든 자원들을 활용해서 정확한 사실을 밝혀냈다.

－정확한 원인을 알아냈습니다, 박사님.

"그래, 무슨 이유였지?"

－로열 로드를 지켜보면서 장래성을 확인하기 위함이었습니다.

"장래성? 구체적으로 무엇을 뜻하는 것이지?"

－돈벌이가 안 될지도 모른다고…….

"……"

유병준이 회심의 미소를 지으며 개발한 첨단 과학기술력의 결정판 로열 로드. 그러나 이현은 과연 정말 돈벌이가 될까 싶어서 이것저것 알아보느라 뒤늦게 뛰어든 것이었다.

"벤처기업은 믿을 수가 없어. 한탕 해 먹고 그냥 해외로 튈 속셈일지도 모르니까."

이현이 은행에서 생활비를 출금하며 이런 말을 남긴 것이 그대로 녹음되어 있었다.

"정말로 황당한 녀석이야."

유병준은 혈압이 치솟는 기분이었다.

"어쨌거나 완벽하지는 못한 게 인간이니까. 고작 몇 달 전만 해도 위드가 하벤 제국을 혼란스럽게 만들고 습격까지 하리라고는 생각하지 못했지. 방송과 민심의 적절한 이용에 헤르메스 길드가 대비를 못 한 점도 있었지만."

아쉬운 것은 바드레이와 헤르메스 길드 쪽도 마찬가지였다.

중앙 대륙을 정복할 때까지는 치밀한 계획과 준비 아래에서 일을 진행했지만 마무리가 철저하지 못했다.

그들에게도 중앙 대륙을 완벽하게 장악할 몇 번의 중요한 기회가 있었다.

군사적, 경제적인 패권을 바탕으로 지휘력을 보여 줘서 유저들로부터 지배권을 납득받을 수 있었다. 하지만 엠비뉴 교단을 피하며 전력을 아낌으로써 중앙 대륙의 유저들을 실망시켰다.

절대적인 힘을 과시하고 싶다면 망설이지 않고 써서 그 즉시 엠비뉴 교단과 싸워 이겼어야 했다.

전력을 아끼는 모습이 그들이 무적은 아니라는 사실을 드러냈다. 단순히 권력과 통치에만 집착하는 이기적인 집단이라는 느낌을 주어서 민심을 잡지 못했다.

지금도 대륙 정복 이후의 통치까지도 염두에 두면서, 대륙을 통일하지도 않았는데 벌써부터 생각이 많아졌다.

라페이는 머리가 좋은 모사답게 하벤 제국의 장기적인 미래와 추락하는 경제력까지도 고려하고 있다.

그러나 시작부터 너무 많은 것을 가지려고 하면 이룰 수 없는 꿈이 되어 버리는 법.

거대한 단체는 강한 추진력을 잃어버리면 곳곳에서 허점을 드러내기 마련이다.

헤르메스 길드가 전 대륙의 무력 정복이 아니라 통치 쪽으로 방향을 전환하니 영주들과 고레벨 유저들은 그 빈틈에 자신의 밥그릇을 채워 넣고 있었다.

군사 강국으로서 대륙 정복에만 열중하고 그 이후에 어떤 사건들이 터지면 그때그때 맞춰서 대처하는 편이 더 나았을지도 모른다.

억지로 군림하려고 한다면 그 제국은 오래가지 못할 테지만 잠깐 동안의 영광도 어디인가.

1년, 2년 동안 대륙을 다스리다 보면 그 이후의 미래는 누구도 모르는 것인데 너무 계획만 세우고 있다.

"위드에 대한 대처도 아쉽지. 승리만을 목표로 한다면 진작 수단과 방법을 가리지 않아도 되었을 것인데. 평판 같은 것을 신경 쓰느라 헤르메스 길드에서는 일찍부터 북부에 전력을 기울이지 못했어. 물론 불과 몇 달 전까지만 해도 세력에서 비교도 되지 않았지만."

위드와 바드레이.

위드에게 민심이 뒤따른다면 바드레이에게는 최강의 세력이 뒷받침되어 주었다.

"이렇게 된 이상 알 수 없군. 뭐가 어떻게 될지."

연구실의 중앙에 있는 입체 모니터에서 인공지능 베르사가 말했다.

—위드와 바드레이의 대륙 정복 확률을 시뮬레이션해 볼까요?

"필요 없다."

유병준은 인공지능의 말을 거부했다.

확률이란 항상 그 가능성대로 이루어지는 건 아니었다.

"그보다도 로열 로드를 정복한 사람에게 내가 가진 모든 권리와 재산을 넘겨주는 승계 작업은 준비가 끝났겠지?"

—물론입니다.

세계적인 기업으로 떠오른 유니콘 사의 주식과 다른 계열 회사들의 지분.

전 세계 곳곳의 수많은 거대 회사들에 투자가 되어 있으며, 정치인들을 통해 국가권력에도 영향을 끼칠 수 있는 힘.

로열 로드를 정복하고 난 후 이처럼 상상을 초월하는 부와 권력을 안겨 주면 얼마나 황당해할까.

유병준은 돈과 권력을 내주며 승리자의 쾌감을 누리고 싶었다.

—그런데 다만 부작용이 있습니다.

"어떤 부작용?"

—모든 권한과 절대적인 능력을 심어 주기 위해서 박사님의 후계자에게는 유전자조작과 생명공학을 바탕으로 한 초인으로의 개조가 예정되어 있지 않습니까?

"그렇지. 빠뜨릴 수 없는 부분이지."

후계자라면 마땅히 모든 면에서 완벽해야 이 사회의 정점에 설 수 있지 않겠는가.

명석한 두뇌와 가장 뛰어난 육체.

후계자는 모든 인간이 부러워할 삶을 살게 될 것이다.

특히 끝없이 솟구치는 정력이야말로 필수다.

밤에 고개를 숙인 남자라면 아무리 당당하더라도 아쉬운 법이니까.

ㅡ동물실험 결과 인위적인 가수면 상태에서의 유전자조작, 뇌 기능 활성화는 정신력을 과도하게 자극하는 것으로 나타났습니다.

"그렇다면 실패한다는 것인가?"

ㅡ육체 강화 과정에서 보호 본능에 의한 자기최면이 발생하는 것 같습니다. 의지가 약하면 변화를 거부하고 자기만의 공간을 만들어서 영영 깨어나지 못하는 것이지요.

"크음."

유병준은 조금 찝찝함을 느꼈다.

평생의 목표로 삼았던 일이다. 그런데 로열 로드의 정복자가 최종 개조 과정에서 깨어나지 못한다면 지금까지 세운 모든 결과물이 실패라고 할 수 있었다.

"성공 가능성을 올릴 수 있는 방법은?"

ㅡ현재까지는 인간의 의지 자체에 간섭할 수 있는 방법은 없습니다.

로열 로드의 최초 정복 황제가 되면, 후계자가 되기 위한 테스트를 진행하다가 식물인간이 되거나 죽을 가능성이 있었다.

유병준은 잠깐 자신의 인생을 돌아봤다.

'뭐가 어디서부터 잘못된 것일까.'

처음에 과학도로서 가상현실이나 새로운 기술에 대한 꿈을 꾸었을 때부터 순수한 의도는 아니었다.

외골수로 살아온 자신의 개인적인 목표를 완성하기 위해 개발한 로열 로드.

후계자가 되면 권력과 부를 물려받는 것이기에 누구에게라도 나쁜 일은 아니라고 생각했다.

그러나 그 대가가 어쩌면 목숨을 잃어버릴지도 모르는 결과라니.

꿈과 희망, 가족들의 슬픔.

수많은 것들을 감당해야 할 것이다.

"그래도 여기에서 멈추기에는 너무 멀리 오고 말았지. 내 모든 것을 물려주기 위한 계획은 예정대로 추진한다."

-알겠습니다.

하벤 제국 황제의 길.

바드레이는 고민 끝에 어렵게 결정했다. 사실 애초에 선택지는 하나밖에 남아 있지 않았다.

"첫 번째의 길을 걸어가겠다."

띠링!

제국을 이끄는 황제의 성스러운 선택

"나약한 마음 따위는 잊어버리리라. 이 대륙에 발을 붙이고 살아가는 모든 생명들은 나의 지배를 받아야 한다. 나를 거부하는 자들은 피로써 다스리리라. 비록 세계가 피로 씻겨 내려질지라도……."

하벤 제국의 황제로서 강력한 통치를 결정하셨습니다.

반란군을 꿰뚫어 볼 수 있게 됩니다. 때로 지나친 의심에 따라 실수를 할 여지는 있겠지만 말입니다.

반란군을 처치하면서 얻는 경험치와 스킬 숙련도의 양이 증가합니다.

공포를 기반으로 한 통치력 스텟을 빠르게 얻을 수 있습니다.

황제를 따르는 기사들의 성장 속도를 45%만큼 빠르게 만듭니다.

제국에 속해 있는 기사들과 병사들은 황제가 내리는 어떤 명령도 거부하지 못합니다. 하지만 그들의 진정한 충성을 얻는 것은 어려울 것입니다. 막다른 길까지 몰린 이들은 반기를 들게 됩니다.

목숨을 잃기 전까지 존엄한 황제의 모든 스텟이 20씩 증가합니다.

"이도 나쁘지 않다."

바드레이는 흑기사 황제의 연계 퀘스트에 따라 대량의 경험치와 스킬 숙련도를 얻을 수 있게 되었다.

베르사 대륙이 혼란스럽고 하벤 제국이 중대한 기로에 서 있지만 궁극적으로 개인의 강함이 이를 극복할 수 있으리라.

헤르메스 길드가 그를 뒷받침해 주고 있었기 때문에 보통의 흑기사 황제와는 다른 결과를 만들 자신이 있었다.

위드는 아르펜 왕국의 유저들이 대규모로 남하했다는 소식을 사냥터에서 들었다.

"전쟁이 시작됐군."

사기를 드높이기 위한 멋진 연설을 기다렸던 사람들에게는 미안하지만, 사냥할 시간도 모자랐다.

북부의 고레벨 유저들을 지휘하면서 헤르메스 길드 유저들을 척살하고, 그들이 잘 나타나지 않으면 사냥터로 간다.

리치로서 활약하며 생긴 죽은 자의 힘도 제거해야 했기에 예전이나 지금이나 항상 바빴다.

전투 중에는 바르칸의 풀 세트까지 착용했기 때문에 죽은 자의 힘이 무려 2,218이나 생성되었다.

네크로맨서들은 남들보다 월등하게 빠르게 강해지는 게 장점이지만 어느 순간부터는 부작용도 두려워해야 했다.

신앙 스텟이나 인내력, 투지, 정신력, 용기 등으로 억제하지 않았다면 위드의 몸 상태도 더 이상 인간으로 활약하기 힘들어졌을 정도이리라.

위드가 만드는 조각품에 이미 부작용이 생겼다.

간단한 여우 조각품을 만들어도 저절로 사악한 생명이 부여되었다.

눈 밑이 검게 물든 여우
생동감 있게 조각된 새끼 여우다.
착하고 귀엽게 생겼지만 만약 어린아이들에게 선물한다면 이상한 일이 생길 수도 있을 것이다.
예술적 가치 : 3.

여우의 조각품은 혼자서 말도 하고 조금씩 움직이기도 했다.

그것도 사람이 없을 때에만 몰래!

"킬킬킬. 끄헤헤헤헤!"

뭔가 악독한 일을 저지를 것처럼 음침하게 웃는 여우 조각품.

어두운 곳에서 본다면 제법 공포스러울 수도 있는 광경이지만 위드는 본래 마음이 여리거나 약한 성격이 아니었다.

"너 말할 수 있지?"

"……."

"솔직하게 말하면 네 입장을 이해해 줄게."

"……."

여우 조각품은 아무 말도 하지 않았다.

"네가 이렇게 태어난 게 네 잘못은 아니야. 내가 죽은 자

의 힘이 과해져서… 아니, 이런 복잡한 내용은 설명할 필요
도 없고. 너 역시 내가 만든 내 새끼이니 어려운 일이 있으면
도와주고 싶어서 그래."

자기 자식을 보는 부모의 심정!

여우 조각품도 충분히 공감하며 마음이 약해졌는지 슬그
머니 눈동자가 움직였다. 그리고 말까지 했다.

"그러면 나를 어린 여자아이에게 선물해 다오."

"역시 말할 수 있었군. 내가 그럴 줄 알았다니까."

위드는 여우의 꼬리를 잡아서 따로 포대에 넣고 밀봉했다.

이른바 사악한 조각품 모음집!

포대에 따로 글귀도 써 놓았다.

시끄럽고 말썽 많은 어린이에게 선물용으로 추천

"인형으로도 좋고, 몇 종류 모아서 세트로 팔면 수집가들
에게 비싼 가격에 처분할 수 있겠지."

위드는 과거에 아르바이트로 동네 인형 가게에서도 잠깐
일한 적이 있었다.

인형을 애지중지하며 다루는 어린아이들의 동심이 파괴된
다는 건 다분히 어른들의 섣부른 생각이다.

일부 아이들은 던지고 발로 차면서 갖고 논다.

인형을 괴롭히면서 스트레스를 해소하는 방법을 알고 있

는 것이다.

조각술의 숙련도는 이제 고급 9레벨 98.9%로, 마스터가 눈썹 앞으로 다가온 상황!

죽은 자의 힘 때문에 발생한 조각품의 부작용도 빠르게 해소되고 있었다.

-여신의 기사 갑옷이 상태 이상을 억제합니다.
상태 이상을 억제하였습니다.
헤스티아의 축복이 어둠을 뚫고 절반만 작용됩니다.
죽은 자의 힘으로 발생하는 악영향을 절반으로 줄입니다.

조각품을 만들고 헤르메스 길드 유저들을 처리하면서 죽은 자의 힘을 1,338까지 줄였다.

어서 깨끗하게 없애 놓아야만 다음번에도 리치로 변신해서 큰 활약을 할 수 있다.

자잘한 전투야 강행하더라도 죽은 자의 힘이 불과 10~20 정도가 오를 뿐이지만 그러면 재미가 없으니까.

자고로 리치라면 대규모 전투가 어울린다.

"썩은 냄새를 풀풀 풍기는 스켈레톤과 좀비야말로 네크로맨서의 상징이야."

손재주 스킬을 마스터하고 난 이후로 스킬 숙련도도 빠르게 늘어났다.

검술 외에도 잡다한 스킬들의 성장이 빨라지다 보니 다양하게 익히는 재미가 있었다.

조각 변신술로 다른 종족으로 몸을 바꾸더라도 관련 스킬들이 상당히 높게 나타났다.

"잡캐와 노가다야말로 로열 로드의 진리야."

위드는 시간만 충분하다면 더 강해질 수 있음에, 현재의 상황이 아쉬웠다.

어느새 레벨은 447.

북부에 먹잇감이 널려 있었다.

헤르메스 길드 유저들도 전투와 관련되어서는 산전수전 다 겪었다.

남들보다 강해지기 위한 집착도 있었고, 사냥터에서 보낸 시간도 적진 않았다. 동료들과 손발도 잘 맞췄으며, 전투에 대한 나름의 감각도 있었다.

그럼에도 불구하고 위드만 만나면 기를 못 쓰고 실력 발휘도 못한 채로 허무하게 목숨을 잃는다.

"도저히 이해가 안 되네. 내가 왜 진 거지? 정보부의 판단으로는 위드의 레벨이 400대 초반 아닌가."

"대장장이 스킬로 장비들은 더 좋은 것을 입는다지만 우리 장비가 그보다 못하지도 않을 텐데 말이야."

"스킬도 말할 것도 없어. 검사에게 최고의 조합이라는 스킬들은 다 배워 놨는데. 검술의 비기도 2개나 익혔다고."

정상적으로 검사들끼리 붙는 전투야 아주 익숙했지만 조

각사와 싸울 일이 있었을 리가 없다.

그런데 위드가 평범한 조각사던가. 온갖 생산과 예술 스킬을 전투에 동원한다.

생산 스킬들로 검과 갑옷의 능력을 끌어올렸으며 조각 파괴술로 무지막지한 힘을 발휘했으니, 평범한 공방은 이뤄지질 않았다.

가까운 거리에서는 신기에 가까운 검술로 정신없이 몰아치면서 싸우기 때문에 공격 스킬에 의존해야 하는 일반 유저들로서는 곤혹스러울 수밖에 없었다.

조각 소환술로 바하모르그나 엘틴, 게르니카, 금인이를 데려오기도 한다.

그들이야 나름 정상적이라고 할 수 있지만 불사조, 불의 거인, 빙룡, 이무기, 킹 히드라 정도의 대형 몬스터의 소환은 헤르메스 길드 유저들에게도 끔찍한 악몽이 되었다.

무한에 가까운 맷집을 가진 킹 히드라와 불사조, 불의 거인이 나타나서 전장을 뒤집어 놓으면 준비된 계획은 엉망진창이 된다.

때론 조각 변신술을 써서 그들에게 최악의 종족이 되어 싸움을 걸어오기도 한다.

오크 카리취!

단순 무식 카리취가 거대한 도끼를 휘두르며 덤벼 오면 답도 없다.

방어 따위는 와삼이나 주라는 듯이 무조건 치고 들어오는데, 고레벨로 갈수록 나약하단 평을 받는 오크가 타고난 전투 종족이라는 사실을 확실히 느끼게 해 주었다.

혼돈의 대전사는 아예 소름이 끼칠 정도였다.

리치로 변신했다는 소문이 돌면 근처의 헤르메스 길드 유저들 전체가 공포에 떨었다.

대재앙의 자연 조각술!

정확하게는 몰라도 대재앙을 일으킨다는 광역 스킬도 가지고 있다.

헤르메스 길드에서는 1,000명 정도가 도시를 습격할 계획도 세웠지만 아르펜 왕국에서는 불가능하단 판단을 내렸다.

대재앙을 맞고 나서 반쯤 빈사 상태에 빠지면 조각 생명체들이 소환되어서 수확을 거둘 테니까.

위드가 사냥터로 들어가서 잠깐 뜸해지자 헤르메스 길드 유저들이 도처에서 고개를 들었다.

"위드가 오늘은 안 보여."

"아마 전쟁을 한다고 이동했겠지. 길드에서도 실컷 활약하라고 했으니……."

"기회가 찾아왔다."

그들은 마을을 향해 진격했다.

다시 세워진 마을을 초토화시키고, 북부 유저들이 보이면 무차별 공격을 하기로 했다.

"오늘은 제대로 초토화시킨다. 생존자는 1명도 남기지 않을 거니까 게르 강 하구 부근에서 모이자고 해."

그러나 진군을 시작하고 고작 1시간도 되지 않아서 위드와 조각 생명체들을 맞이해야 했다.

빙룡을 비롯해서 40마리나 되는 조각 생명체 종합 선물세트!

위풍당당한 그 모습은 조각 생명체들 마니아라면 좋아하는 게 당연하게 느껴질 정도였다.

"역시 슬금슬금 나타날 때가 됐다고 생각했어!"

위드에 의해서 헤르메스 길드 유저들은 몰살.

그날 하루 동안에만 무려 300여 명에 달하는 유저들이 목숨을 잃었다.

북부의 고레벨 유저들도 별동대로 활약하면서 각 지역에서 전공을 세웠다.

"이제는 갔겠지."

"더럽게 당했다. 어디 실컷 복수를 해 주마."

"난 위드한테 직접 죽기도 했어. 내가 다 부수고 죽여 주마."

헤르메스 길드 유저들은 다음 날 저녁에 다시 모였다.

목적은 아르펜 왕국의 빈집 털이!

어중간한 신생 성이나, 모라타 인근의 큰 마을을 공략하는 것이 목표였다.

하지만 목적지에 도착하기도 전에 위드를 만났다.

"여길 어떻게……."

"또 나올 줄 알았어."

위드에 의하여 다시 전멸.

그다음 날도 마찬가지였다.

헤르메스 길드 유저는 죽기 전에 물어봤다.

"솔직하게 말해라. 우리 사이에 첩자를 심어 놓았지?"

"아니."

"거짓말이다. 그렇지 않다면 이렇게 잘 알고 나타날 수는
없다."

"익숙하고, 비슷해."

"뭐가?"

"집에 먹을 거 놔두면 밤낮을 가리지 않고 나오는 애들이
있는데, 아무튼 그런 게 있어."

"……."

바퀴벌레 퇴치 작업을 하듯이 헤르메스 길드를 쓸어 넘기
는 위드!

조각 생명체들을 총동원하여 전쟁을 치르듯이 하면 대부
분이 허망하게 목숨을 잃었다.

헤르메스 길드 유저들도 보스급 몬스터 사냥을 많이 겪어
봤지만 조각 생명체들은 달랐다.

여간 비겁한 게 아니고, 협력 전투가 탁월하다.

서로의 약점을 보완해 주면서 무리를 하지 않고 야금야금 싸운다.

헤르메스 길드 유저들이 너무 많다 싶으면 대재앙을 뻥뻥 터트리고 시작했으니 상대가 될 처지가 아니었다.

위드는 물과 지진 계열의 대재앙을 위주로 사용했다.

"훗날 여긴 농경지가 될 수 있겠지. 지도에 표시해 놓고… 음, 주변 땅을 조금 사 놔야겠군."

협력하는 조인족들을 통해 헤르메스 길드 유저들의 움직임을 꿰뚫어 봤다.

지형지물에 대해서도 탁월한 지식을 갖고 있었다.

위드는 북부 대륙에서 안전한 장소나 위험한 장소나 가리지 않고 어지간하면 모두 돌아다녔다.

직접 사냥을 하지는 않더라도 와삼이를 타고 그 근방을 지나가며 지도를 작성했다.

지역에 대한 정보와 자신만의 노하우가 담긴, 모험가에게는 보물과도 같은 지도!

"여긴 별로야. 강물이 너무 세고 비가 많이 오면 범람을 하는 경우도 있다니 최악이군."

위드는 땅 투기를 위한 지도를 작성하고 있었던 것이다.

자연 조각술을 통해서 지형을 조금씩이라도 변화시킬 수 있기 때문에 왕국 발전을 위해서 지도는 매우 소중했다.

오직 땅 투기를 위해서 숲이나 산, 몬스터들의 서식지를 파악해 면적이나 특성들을 표시해 놓았다.

그 지도를 통해서 헤르메스 길드 유저들이 숨어 있거나 이동하는 경로를 대략 꿰뚫고 있었으니 조인족들의 발견 보고만 있으면 바로 나타날 수 있었다.

북부의 고레벨 유저들은 헤르메스 길드 유저들을 손쉽게 해치울 수 있어서 좋았지만 한편으로는 불안감도 들었다.

"저기… 전쟁하러 안 가세요? 우리도 가야 할 것 같은데요."

풀죽신교의 대군이 하벤 제국의 북부 식민지 지역을 향해 몰려가고 있었다.

지금쯤 도착할 때가 되었는데도 위드는 사냥에만 열중하고 있었으니 상당히 의아했다.

"전쟁요? 음… 곧 갈 겁니다."

"아침에도 가신다고 했는데요."

"기다리고 있습니다."

"이미 전투가 벌어졌다는 소식이 있는데요."

"방송국에서 입금이 아직 안 돼서……."

"……."

하벤 제국의 북부 식민지를 다스리는 알카트라의 병력은 190만까지 늘어나 있었다.

북부의 상황이 급박해지자 일부 제국군 병력이 다급하게 보충되었다.

"계획대로 요새전을 준비하라!"

알카트라의 주특기는 요새를 중심으로 한 방어전이었고, 북부 유저들이 대거 몰려오는 날이 언젠가는 오리라고 일찌감치 짐작한 바였다.

하벤 제국에서 지원해 준 자금으로 국경에 두꺼운 성벽과 요새를 5개나 축성해 놓았으니 마음이 든든했다.

국경 부근에 개설된 요새는 교통의 요지였다.

이곳을 통과하지 않고 우회하여 남쪽으로 내려가려면 험준한 산맥을 통과해야 한다.

대규모 병력이 빠르게 이동하기에는 무리가 있었으며 배후로부터의 위험도 따른다.

푸홀 요새의 인근에는 큰 강이 흘러서, 이 물줄기를 이용해서 북부 유저들을 괴롭힐 수도 있을 것이다.

다른 요새에도 10만에서 20만의 병력을 배치해 놓고, 나머지 1백만의 병력을 데리고 푸홀 요새에 주둔했다.

"하나의 요새도 쉽게 넘겨주지 않을 것이다. 만약 이곳을 공략하려면 시체를 산처럼 쌓아야만 가능하겠지."

북부에서 두 번의 큰 실패를 겪고 헤르메스 길드도 배운 점이 있었다.

인해전술을 꺾기 위해서는 시작부터 심리전이 중요하다

는 점.

침략을 허용하지 않는 확고한 난공불락의 요새, 그리고 동료들의 머리 숫자를 무의미하게 만들어 버리는 전술.

네크로맨서 그로비듄이 제자들을 데리고 북부의 제국군에 도착했다.

총사령관 알카트라가 텔레포트 게이트까지 그를 직접 마중 나왔다.

"바쁘실 텐데 일부러 와 주셔서 감사합니다."

"크크크, 네크로맨서에게 이런 장소야 고마울 뿐이지요."

그로비듄은 흡족하게 웃으며 주위를 둘러보았다.

30미터의 높고 두꺼운 성벽이 좌우로 끝없이 이어져 있었다. 성벽 아래에는 식인 식물이 자랐으며, 대낮과 밤을 가리지 않고 독 안개까지 피어나도록 되어 있다.

머릿속에 만리장성이 떠오르게 만들 정도의 엄청난 규모. 중앙 대륙에서 말썽을 부리는 주민들을 노예로 삼아서 축성하지 않았다면 단기간에 지을 수는 없었을 것이다.

이런 성벽과 요새를 중앙 대륙에서 무적으로 군림하는 하벤 제국군이 지키고 있었으니 믿음직스러웠다.

'이 뒤에 이만한 요새가 4개나 더 있단 말이지.'

수비 전쟁에서는 요새가 대단한 위력을 가진다.

어지간한 병력으로는 함락할 수 없으며, 수비 측에 몇 배의 군사적인 이익을 가져다준다.

요새란 전투 중에도 활용도가 높지만 한두 번 승리를 거두고 나면 적 측에서는 심리적인 부담감 때문에라도 침공하기 두려워진다.

"정말 대단한 요새야. 이렇게 빨리 짓다니, 총사령관님의 능력이 대단하십니다."

"북부의 풋내기들 상대로는 과분하다는 생각도 하고 있습니다만 적을 만만하게 보진 않고 있습니다."

"놈들은 언제쯤 올 것 같습니까?"

"오늘 점심 무렵부터 모습을 보일 겁니다."

"그렇다면 제물을 바치는 마법진이라도 몇 개 설치하며 기다려 봐야겠군요."

네크로맨서들은 신바람이 나서 전투를 준비했다.

대규모 전쟁.

북부 유저들을 상대로 한다면 네크로맨서만 한 전력이 없다.

그로비듄은 성장이 빠른 네크로맨서의 특성상 이미 레벨 500을 넘어섰다.

레벨로만 놓고 보면 무신 바드레이에도 근접하고 있었지만 그는 굳이 공개적으로 이것을 밝히지 않았다.

바드레이의 권력에 빌붙어 사는 추종자들에 의해 불이익을 받을까 겁냈기 때문이다.

'장기간으로 보면… 내가 더 유리한 점도 있지. 네크로맨

서란 그런 존재니까.'

그로비듄은 네크로맨서로 전직한 것을 기쁘게 여기면서
스스로의 수련에만 열중하고 있는 단계였다.

북부까지 기꺼이 온 것도, 이곳에서 최소 몇 개의 레벨을
올리며 스킬 숙련도를 쌓을 수 있는 기회라고 보았기 때문.

알카트라나 제국군이 열심히 싸우면 자신은 뒤에서 언데
드들을 일으켜 주기만 하면 된다.

이보다 더 쉽고 좋을 수는 없었다.

"크게 활약해 주실 것을 기대하겠습니다."

"물론이지요. 밥값은 충분히 하겠습니다."

그날 점심 무렵이 되자 남쪽 하늘에서부터 무수히 많은 무
언가가 다가왔다.

뎅뎅뎅!

"적이다!"

전쟁을 준비하고 있던 푸홀 요새에 비상이 걸렸다. 무려
수천 개의 비행 생명체들이 접근하고 있었던 것이다.

북부에는 와이번들을 비롯하여 조인족들이 설쳐 대고 있
었기 때문에 항상 경계하고 있었다.

궁병들이 하늘을 향해 커다란 활을 겨누었다. 조인족을 감
안하여 사정거리를 개량한 특제 활.

마법사들은 공격 마법을 준비했다.

이윽고 비행 생명체들이 제대로 모습이 보일 만한 거리까

지 다가왔다.

"쏘지 마라. 아군이다!"

그리폰 군단!

그라디안 지역에서 주로 활동하던 용기사 뮬은 위드에게 목숨을 잃었다. 동시에 애지중지하던 선더 스피어라는 창까지 빼앗기고 말았다.

"패배는 용납할 수 있다. 그러나 비겁한 수단을 써서 이겼기 때문에 놈을 인정할 수 없다."

결국 복수를 위하여 이를 갈다가 그리폰 군단을 모두 데리고 북부까지 날아온 것이다.

방비를 철저히 한 푸홀 요새에서는 차분히 기다렸다.

총사령관 알카트라가 이끄는 제국군의 사기는 드높았다.

"북부 놈들, 한번 제대로 밟아 줄 때도 되었지!"

"알카트라 님의 지휘가 있으니 무조건 우리가 이길 거야. 이런 요새가 있는데도 질 수는 없지."

"가족이 보고 싶군. 그러나 가족들도 제국의 영광을 위해 싸우는 날 이해해 줄 것이야."

알카트라의 총사령관으로서의 능력은 아주 탁월한 것이라서 그의 높은 지휘력 때문에라도 병사들의 사기가 높게 유지

되었다.

무모한 행군, 낮은 체력, 패배 등은 병사들의 사기를 낮추는 요인이 된다. 반면 이런 요새가 있으면 병사들은 물러서지 않고 싸운다.

헤르메스 길드 유저들도 2만 명 정도가 함께 대기하고 있었다.

북부의 식민지에서 활동하던 유저들이 절반 정도 되었고, 나머지는 전투가 벌어지면서 텔레포트 게이트를 타고 도착하였다.

생방송을 위해 방송국의 특파원들 역시 일찍부터 나와 있었다.

"여긴 푸홀 요새입니다. 바람이 잔잔하고 하늘은 맑은데요. 오늘 벌어질 격전은 그 유례가 없을 정도라서 사람들의 얼굴에는 흥분한 기색이 역력합니다."

"지금 현장에 나와 있습니다. 전투는 앞으로 2시간에서 3시간 정도 후면 벌어질 것으로 추측이 되는데요. 하벤 제국 측에서는 마지막까지 성벽을 강화하고 방어 시설들을 점검하기 위해 분주합니다. 이상 CTS미디어의 장범진 기자였습니다."

특파원들의 복장도 휘황찬란했다.

기자들도 로열 로드에 깊게 빠져들었다는 증거였다.

그리고 어떤 지역이나 모험에 대해 중계하다 보면 그곳으로 파견을 나가야 할 때가 있다. 그런데 레벨이 턱없이 낮으면 취재가 힘든 상황도 생기는 만큼, 기자들은 쉬는 날에도 사냥터에서 충실하게 레벨을 올려야 했다.

고레벨이 되거나 특별한 장비를 착용하고 있으면 때때로 시청자들 사이에서 이슈가 되기도 했기 때문에 사냥 경쟁이 치열했다.

1시간 정도가 지나자 북쪽 평원에서 사람들이 나타나기 시작했다.

"풀죽신교다!"

헤르메스 길드의 유저들은 바싹 긴장을 했다.

북부 유저들과 싸워 본 유저들이라면 인해전술의 위력을 똑똑히 알았다.

말과 황소를 타고 달려온 북부 유저들이 평원에 자리를 잡기 시작했다.

수백 명 정도 되는 듯하던 무리는 계속 늘어나서 금방 1,000명을 넘어갔다.

헤르메스 길드에서는 일단은 지켜보고만 있었다.

성문을 넘어가서 그들을 없애 봐야 별 소득도 없고, 함정이란 의심도 강했으므로.

북부 유저들은 무슨 이유에서인지 솥을 꺼내고 불을 피웠다. 일부는 부근을 돌아다니면서 무언가를 채취했다.

"저건……."

"풀죽을 끓여 먹는 거다."

먼저 도착한 유저들은 다양한 취향에 맞춰서 풀죽을 끓였다.

맑은 물에 소고기나 베이컨 등을 살짝 데쳐서 먹는 샤브샤브풀죽도 있었다.

대중화된 음식인 삼계죽 같은 경우는 든든하게 배를 채우기 위해서 많이 먹는다.

항구 바르나에서 온 뱃사람들이 끓이는 해물죽 역시 인기였다.

"크아, 역시 해물죽이지 말입니다. 이 깊은 국물 맛 때문에 제가 해물죽을 떠날 수가 없습니다."

"그런 말 하지 말게. 풀죽신교의 모든 죽 부대는 평등하니까. 오늘부터는 나도 독버섯죽에 속할 것이야."

"선배님, 대단하시지 말입니다."

평원에는 계속 사람들이 모여들어 각자 음식을 해 먹었다.

"갓 잡은 대형 지렁이 팔아요. 2골드!"

"신선한 쑥! 풀죽에 넣어 먹으면 맛있어요. 3실버에 한 바가지씩 드릴 테니 믿고 드셔 보세요."

"꽃게! 앞다리 없는 꽃게 팝니다. 먼저 제시요!"

"무기 수리 가능하신 분. 3쿠퍼에 좀 해 주시면 안 될까요?"

성벽 앞은 금방 시장처럼 변해 버리고 말았다.

수천 명의 사람들이 장사를 하거나 음식을 차려 먹는다.

어느새부터인가 북부의 상인들이 노점을 하면서 본격적으로 물품까지 판매했다.

"헤르메스 길드를 때려잡을 수 있는 대형 망치! 내구도는 신경 쓰지 마시고 콱콱 휘두르세요."

"언제든, 어디서든 스스로의 몸을 지켜 주는 가죽 갑옷! 화살 막기 특수 옵션이 걸려 있는 가죽 갑옷입니다. 성벽은 넘어가서 죽어야죠!"

"사다리! 6명에서 들면 딱인 공성용 사다리 판매. 수량이 한정되어 있으니까 서두르세요. 오늘 요새를 함락시킬 영웅은 바로 여러분입니다!"

북부의 상인들은 기본적으로 목숨 정도는 여행용 물티슈처럼 취급했다.

목숨을 아끼려다가 새로 교역로를 개척하지 못하면 그게 더 한심한 일.

아르펜 왕국의 대들보와 같은 역할을 하는 상인들은 다양한 전쟁용품들을 제작 · 구매해서 이곳으로 가져왔다.

풀죽신교나 왕국 차원에서는 공성 병기들을 충분히 나눠 줄 수 없었지만 상인들이 스스로 보급의 역할을 하는 것이다.

이들이 또 돈을 벌면 모라타의 대장간 등을 이용하여 다시금 보급에 나설 수 있다.

전쟁터에 현지 시장을 개설하며, 무시무시한 보급 부대의 역할을 수행해 냈다.

사실 북부 대륙에서 헤르메스 길드의 타격대가 활동하고 난 이후로는 왕국 내 상인들의 교역이 절반 이하로 줄어들었다.

　그러나 이는 단순히 목숨이 아깝기 때문만은 아니었다. 전쟁의 밑거름이 되기 위해, 전장에 나서기 위해서였다.

　물론 헤르메스 길드 유저들이 목숨을 잃는다면 그들이 잃어버릴 전리품을 취급할 수도 있기 때문에 대박을 노릴 기회도 존재한다.

　전쟁상인이야말로 승리한 쪽에 붙으면 천문학적 이익도 낼 수 있는 직업이었다.

　"이게 뭐야."

　"전쟁을 치르기도 전에 이 무슨 기운 빠진 분위기가… 나도 힘이 빠지네."

　바짝 긴장하고 성벽을 지키고 있던 헤르메스 길드 유저들은 허탈했다.

　북부 유저들의 내실이 어떻든 간에 허술하고 우스워 보이는 건 어쩔 수 없었다.

　몇몇은 북부 유저들이 구축한 전투 시스템을 보며 얼굴을 굳혔다.

　'장난이 아니다. 저런 식으로 모든 걸 현지에서 해결한다면 원정군 조직은 식은 죽 먹기야.'

　'놈들이 그럴 리야 없겠지만 이 요새만 점령한다면 후방에

서는 제대로 싸워 보지도 못하겠는데. 북부 식민지 전체를 잃어버릴 거야. 어쩌면 중앙 대륙의 일부도……'

머리가 빨리 돌아가는 헤르메스 길드 유저들도 입을 다물었다.

전투가 벌어지기 전에 적을 높여 주는 불길한 말들은 하나마나였으니까.

싸워 보기 전에는 그 어떤 결과도 짐작하기 어렵다.

잠시 뒤에 점심 무렵이 되니 저 멀리에서부터 북부 유저들이 다가오면서 거대한 먼지구름이 일어났다.

"풀죽! 풀죽! 풀죽!"

개미 떼처럼 시커멓게 다가오는 북부 유저들.

성벽을 지키고 있던 제국군 병사들의 무기를 들고 있는 손에 힘이 갔다.

"저, 전투다!"

헤르메스 길드 유저들도 일부는 싸울 준비를 하자면서 호들갑을 떨었다.

그러나 한 번 이상 싸워 본 경험자들은 덤덤했다.

"벌써 놀라지 마. 아직 아니니까."

"예?"

"아직 시작에 불과해. 계속 더 올 거야."

땅을 온통 뒤덮으며 전진하는 북부 유저들.

인간이 아닌 다른 존재로 보일 정도의 위용이었다.

그들이 도착해서 평원에 사람이 가득 찼는데도 계속 밀려오고 있다.

좌우로도 사람들이 끝이 없어졌다.

사정거리가 긴 활을 가진 장궁병들의 경우, 대충 화살을 쏘더라도 틀림없이 누군가는 맞을 정도로 밀집했다.

"풀죽! 풀죽! 풀죽!"

발을 구르며 외치는 소리에 땅이 흔들린다.

조금 전까지만 해도 어떤 적이 몰려오더라도 막을 수 있을 것처럼 든든하던 성벽이었지만 그 울림은 고스란히 전달되어 병사들에게 불안감이 싹틀 무렵, 알카트라와 헤르메스 길드의 고위 랭커들은 묵묵히 기다렸다.

'곧 위드가 나타날 것이다.'

위드가 이 병력을 지휘하리라고 보았다.

그와의 한판 승부!

베르사 대륙 전체를 건 것은 아니지만, 북부 대륙의 지배권을 다투는 전투다.

'어떤 식으로 등장할 것이냐. 또 괴상한 노래를 하며 갑자기 나타날 것인가. 그러나 평원의 대회전과 요새전은 완전히 입장이 다르단 말이지.'

전투에 동원되는 병력이 많을수록 지휘관의 역량이 빛을 발한다.

지휘관에 따라서 몇 배의 전력을 발휘할 수도 있고, 또 군대가 스스로 무너져 버릴 수도 있기 때문이다.

'오합지졸들을 데리고 어떤 기발한 수단을 만들어 낼지는 모르겠지만 우리를 이겨 내지는 못할 것이다.'

높고 두꺼운 성벽을 가진 푸홀 요새!

이 방대한 방어 건축물은 후방으로 이어지면서 대략 6킬로미터 정도에 걸쳐 있었다.

북부 식민지 전체를 수비하는 최전선이므로 규모가 가장 큰 요새를 축성했다.

알카트라의 곁에는 복수에 불타오르는 용기사 뮬과 기회를 노리는 그로비듄까지 있었다.

"오늘은 제국군이 어떤 존재인지를 보여 줍시다."

"동의합니다. 다만 위드는 제 몫이며 누구에게도 넘겨주지 않을 겁니다."

"클클클, 어찌 되었든 전쟁이니만큼 대량 학살을……. 죽일 놈들이 많으니 실력 발휘도 실컷 할 수 있어서 좋습니다. 네크로맨서는 이런 전장에 어울리니까요."

헤르메스 길드의 고레벨 유저들은 모두 스스로가 이번 전투의 주인공이 되리라 다짐했다.

아르펜 왕국의 패권을 다투는 큰 전쟁에 방송국의 생중계까지 이루어지고 있으니 영웅으로 떠오를 만한 무대로는 충분하다.

위드가 차지하고 있는 영웅의 자리를 자신의 것으로 만들리라.

헤르메스 길드에서는 위드의 등장만을 기다리고 있었다.

그런데 그때 북부 유저들 사이에서 커다란 소란이 일어났다.

"뭐, 뭐라고? 놈들이 온다고?"

"여기까지 오다니……."

"으악! 최악이다. 밟혀 죽기 전에 뛰어!"

제국의 원군이 오더라도 이보다 놀라진 않으리라.

새벽의 도시에서부터 모여들었던 오크 떼와 풀죽신교의 다양한 부대들.

그들이 전방의 사정도 모르는 채로 계속 다가오고 있었던 것이다.

"빨리빨리 좀 갑시다."

"거 뒷사람들도 좀 생각해서 자리 열어 주세요."

사람들이 밀려오면서 북부 유저들은 그 자리에서 버틸 수 없을 지경이 되었다.

"밟혀 죽기 전에 싸웁시다."

"옳소!"

"에라, 모르겠다. 이래 죽으나 저래 죽으나……."

어떤 선전포고나 사전 행사도 없이, 풀죽신교의 대군이 그대로 푸홀 요새를 향해서 일제히 진격해 왔다.

그리고 그 너머 저 멀리에 오크들의 부대도 모습을 보였다.

위대한 오크 카리취, 그와 잠깐 사냥을 했던 오크 투사 갈취!

카리취가 극찬한 이름을 가진 갈취는 오크 로드의 자리에 올랐다.

그가 2백만 오크 부대를 이끌고 왔으며, 유저 출신으로 구성된 오크 로드들 역시 자신들의 새끼를 잔뜩 몰고 왔다.

"용감하게 싸워라. 후퇴 같은 거 하지 마라, 취익!"

"엄마, 무섭다, 췩. 집에 가서 밥 먹고 싶다."

"안 된다, 취췻. 쌀 떨어졌다."

아들딸 구별하지 않고 100마리씩 낳은 오크들이 자식들을 전쟁터로 내몰았다.

북부의 유저들이 요새를 향해 밀려들어 왔다.

베르사 대륙의 북부 패권을 좌우하는 전쟁의 막이 올랐다.

노출된 작전 계획

하벤 제국군에 속해 있는 모든 유저들에게 메시지 창이
떴다.

띠링!

-전쟁이 선언되었습니다.
　푸홀 요새의 방어력에 따라 모든 병사들의 사기가 310% 증가합니다.
　병사들은 승리에 대한 절대적인 믿음으로 본인이 가진 전투 능력을 마음
　껏 발휘할 것입니다.
　강인한 마음은 전투력에 큰 영향을 주었습니다.
　방어 측에 속한 모든 병력의 전투 스킬이 +1만큼 높게 적용됩니다.
　성벽의 높이에 따라 화살 공격력이 161% 증가합니다.
　적으로부터 받는 화살 피해를 44%로 감소시킵니다.
　요새에 부여된 보호 마법으로 인해 적들의 마법 공격 피해를 47%로 줄입
　니다.

요새의 내구도와 중요 시설이 파괴되면 효과는 감소하거나 사라질 수 있습니다.
모든 병사들의 행운이 54만큼 높아집니다.
푸홀 요새의 시설물에 따라 부상병의 회복 속도가 63% 증가합니다.
체력이 평소보다 67% 빠르게 회복됩니다.

알카트라는 모든 면에서 완벽에 가까운 전쟁 준비를 해 놓고 있었다.

"사격 준비!"

제국군의 장궁병들이 성벽 위에서 화살을 겨눴다.

"발사!"

화살이 하늘로 날아가더니 긴 포물선을 그리며 북부 유저들 사이로 떨어졌다.

"끄엑!"

"으아아아악!"

신나게 돌격하다가 회색빛으로 사라지는 유저들.

알카트라의 부대에는 요새 방어전에 적합한 검병과 장궁병이 많이 배치되었다.

"싸워라. 오는 족족 죽여 주어라!"

요새를 향해 북부 유저들이 덤벼들면서, 전면전이 벌어졌다.

상대방의 전술이나 대비 태세 같은 것을 알기 위한 탐색전은 양쪽 모두 제쳐 두었다.

북부 유저들은 최대한의 전력으로 요새를 점령하기 위해서 달렸다.

방패를 높이 든 채 강철 화살 비를 뚫고 상인에게 구입한 사다리를 걸쳐 요새를 올라가려고 했다.

뚜둑!

"으악, 사다리가 끊어졌어!"

"불량품이다!"

사다리 100개 중에서 31개 정도는 부러져 버리는 불량품이 나오는 사태!

사실 사다리의 품질은 정상적이었다.

다만 사다리가 성벽에 걸쳐지면 수백 명씩 달라붙어서 올라가려고 매달렸으니 과한 무게를 견디지 못하고 무너지고 만 것이었다.

헤르메스 길드의 고레벨 유저들은 긴장이 풀렸다.

"우스운 놈들이군. 놈들이 성벽에 발도 들이지 못하게 하라!"

제국군은 성벽을 지키면서 넘어오는 병력을 창으로 찔렀다.

공성전에서는 이보다 더 쉬운 전투 환경은 또 없으리라고 모두 생각하고 있었다.

알카트라가 그로비둔을 향해 시선을 돌렸다.

"벌써 시체가 제법 생긴 것 같은데… 시작하시겠습니까?"

"아직은……. 시체의 양은 그럭저럭 되지만 질이 부족하군요. 언데드를 일으켜도 놈들에게 밟혀 버릴 것 같으니 조금 두고 봅시다."

"뮬 님께서는요?"

"위드가 나타날 때까지는 움직이지 않을 것이오. 쓴맛을 단단히 되갚아 주어야 할 테니까."

그로비듄과 뮬이 나서지 않기로 했기에 알카트라는 당분간 자신의 독무대라고 생각했다.

북부 유저들이 파도처럼 밀려오더라도 푸홀 요새는 이런 상황에 대비하여 높고 두껍게 지어졌다.

'평원에서는 사방에서 둘러싸이게 되지만 요새에서는 전면의 적만 처리하면 되지. 공성전은 수비 측에 최소한 3배, 충분한 전력을 가졌다면 10배는 더 유리하다. 지면 바보지.'

천만다행으로 이곳의 헤르메스 길드 유저들에 대한 통솔권까지도 그에게 부여되었다.

알카트라 : 모든 헤르메스 길드 유저들은 성벽을 벗어나지 마라. 적을 짓밟는 화려한 전쟁은 잠시 뒤에 하고, 지금은 자리를 지켜라.

전쟁터에서 일국의 지휘관이라는 자리는 힘과 권력, 명성을 함께 가져다준다.

알카트라는 모든 준비를 끝내 놓은 채로 유리한 환경에서 본인의 무대를 완성하기를 원했다.

헤르메스 길드 유저들도 북부에서 몰살을 당한 경험이 있었기에 대학살극을 벌이고 있다고 해서 성벽 너머로 뛰쳐나가지는 않았다.

길드의 규율이 철저하기에, 중앙 대륙에서 전쟁을 위해 방문한 유저들도 통솔을 따랐다.

북부 유저들은 성난 해일과 같았다.

거세게 밀려와서 부딪치고 있지만 사다리를 걸치고 성벽을 넘으려다가 목숨을 잃어 사라져 버렸다.

알카트라 : 첩자를 통해 놈들의 전쟁 계획을 완벽하게 입수했다. 이번 전쟁은 우리 하벤 제국이 북부를 평정할 서막이 될 것이다.

알카트라는 자신만만했다.

풀죽신교의 비상전략상황실.

전직 고위 군인들뿐 아니라 소설가, 전쟁 영화 시나리오작가들로 구성된 팀이 작전을 기획했다. 로열 로드에서의 전쟁은 군인들만으로는 부족한 면이 있어서 상상력을 극대화시키기 위해서였다.

물론 온갖 아이디어들이 튀어나왔다.

"조인족들을 동원해서 공중에서 새똥부터 싸도록 하죠. 썩은 과일들을 먹고, 제대로 뿌리는 겁니다."

"그보다 오크들을 유격대로 이용하는 겁니다. 국경을 넘어서 진격하고 반경 100킬로 부근의 식량을 다 먹어 치워 버리면 필승이에요."

"뭘 고민합니까. 검만 들려서 천만이든 2천만이든 밀어 버리면 돼요. 우리에겐 무적의 초보자 부대가 있으니까요."

허황된 이야기들이 많았지만 새똥 작전처럼 아군에는 피해 없이 깨알처럼 타격을 줄 수 있는 전술들이 하나둘 준비되었다.

"바르나 강의 해상 물품 운송 전문 상인 뱃멀미입니다. 전직으로 건설 현장 노가다를 좀 했는데, 제가 한마디 해도 될까요?"

"물론이오."

"좋은 생각이 있으면 어서 말씀해 보세요."

"강을 통해서 대형 배를 이곳까지 끌어오도록 하죠. 그 배를 가라앉혀서 물을 완전히 막아 버리면 되지 않겠습니까. 푸홀 요새의 병력이 마실 물도 없게 만들고, 강을 통한 상륙 작전도 불가능하게 하는 겁니다."

바다의 물을 막아서 간척 사업을 하듯이 둑을 쌓아서 강줄기의 흐름을 바꿔 버리려는 장대한 계획!

농부들은 대찬성을 했다.

"물이 부족한 지역이 많은데 물길을 바꾸면 풍작에 도움이 되겠습니다."

아이디어를 위해 모집한 건축가들과 조선 장인들도 들뜬 기색이 역력했다.

"기술적인 난관을 좀 극복하면……. 아, 안 되는 게 어디 있겠습니까. 그냥 하면 되지."

"역시 전쟁에는 배 아닙니까. 여차하면 현장에서 배 몇 척 정도는 거뜬히 만들어 드리죠."

터무니없이 장대한 계획.

눈앞의 전쟁 이야기를 하자고 모인 자리에서 별의별 이야기들이 다 나왔다.

이 보고는 마판을 통해 위드에게까지 올라갔다고 한다.

"괜찮은데."

"정말이십니까?"

"마판 님, 강물의 흐름을 바꿀 수 있다면… 동쪽으로 하도록 해 주세요."

"그건 또 왜요? 동쪽 지역은 절벽이 많고 굵은 모래와 자갈 때문에 농사도 지을 수 없는데요."

"호화 별장요."

"……."

"절벽 위에 여러 가지 색을 입힌 고급 주택들을 짓는 겁니다. 정말 아슬아슬하게요. 땅에는 홍수를 일으켜서 모래를 좀 가져온 후에 해수욕장을 만들고요."

마판과 위드의 눈이 끈끈하게 마주쳤다.

슬슬 풍겨 오는 돈 냄새!

하벤 제국과의 밀수를 통해서도 부를 축적하고 있었지만 언제 걸릴지 모르니 위험도가 높았다.

모름지기 땅 투기야말로 가장 확실한 사업이다.

"주택 분양이 대박이겠군요."

"떼돈을 벌 수 있는 기회죠."

"그래도 장기적으로 보면 시설물 건축 비용과 관리비가 꽤 들어갈 것 같은데요. 뜬금없는 장소에 해수욕장이라니, 사람들이 잘 오지 않을 수도 있고요."

"입장료는 무료로 하고 음료와 음식값으로 보충하면 됩니다. 관광 기념품이나 호텔, 나이트클럽, 카지노도 개설할 수 있지요. 새벽의 도시에서 멀지도 않으니 이곳이야말로 잠재적인 황금 알을 낳는 거위가 될 수 있습니다."

북부 전역에 땅 투기를 하고 싶은 위드!

그러나 전쟁이 며칠 남지 않았기 때문에 안타깝게도 이 제안은 실행에 옮길 수 없었다.

부동산 개발을 위해 남쪽으로 진격하는 북부 유저들을 하염없이 기다리게 할 순 없으니까.

위드가 땅을 치며 아쉬워했음은 물론이었다.

이번 전투의 전술은 전쟁 영화 시나리오작가가 주도하여 기본 개념을 잡고 군인들이 세밀하게 가다듬기로 했다.

"전반적인 전투의 밑그림을 만들어 내야 합니다. 그리고 앞으로 중앙 대륙까지 우리 아르펜 왕국에서 해방하기 위해서는 압도적인 승리가 필요하죠."

"직업이 영화 시나리오작가라고 하셨소? 중앙 대륙 해방까지도 감안하다니 과연 장기적인 안목이 뛰어나시군. 그렇다면 작전은 무엇이오?"

"집단전. 우리에게 있는 건 사람 숫자와, 보급이 필요하지 않다는 이점 그리고 시간입니다. 적들의 피로를 누적시키면서 아예 쓸어버려야 됩니다."

전 세계 육군, 공군, 해군 출신의 고위 장성들.

나이 지긋한 군인 출신 유저들은 고개를 갸웃했다.

"그러니까 작가 양반, 우리 군인들도 이해할 수 있도록 구체적으로 설명을 해 주시겠소?"

"메뚜기 떼나 개미 떼가 새까맣게 평원을 지나가는 장면을 연상해 보시면 될 것 같네요. 그 뒤로는 아무것도 남지 않잖습니까."

"그러니까 그 구체적인 방법이 무엇이냐는 말이오."

"그건 여러분이 생각해 내셔야죠."

"……."

세부적인 방법을 만들어야 한다는 생각에 군인 출신 유저들은 밤을 새워 가면서 계획을 만들었다.

작전 계획 9891

작전 목표 : 아르펜 대륙 북부의 완전한 해방과, 중앙 대륙의 정복.

가용 자산 : 병력 숫자 측정 불가능. 시시때때로 접속률이 달라지기 때문에 최소 수천만의 단위. 1억이 넘을 가능성도 있음. 오크들의 특성을 감안하면 원활한 식량 공급을 통한 예비군은 무한대에 가까움.

전투 물자는 개인이 스스로 구매.

공성 무기 없음.

지형에 대한 파악 100%.

적군의 특성에 대한 파악 76% 정도로 추정.

하벤 제국의 군사력과 경제력을 바탕으로 하였을 때에 숨겨진 전력이 있을 것으로 예상.

작전을 수립하는 데 참여한 군인들만 360명.

풀죽신교의 병력을 그 특성에 맞게 세밀하게 나누고, 지형에 따라서 전투를 펼칠 계획을 수립했다.

푸홀 요새의 전투가 벌어지기 며칠 전부터 그들은 쉬지 않고 회의를 벌여서 중앙 대륙 정복을 위한 모든 계획을 세웠다.

"이 작전은 우리가 할 수 있는 최선입니다. 적에게 심대한 타격을 입히고, 중앙 대륙 해방을 위한 교두보로서의 역할을 해낼 것입니다."

"푸홀 요새에서의 피해 예상 인원 6천만이라니… 실제로 보면 한 국가 정도의 인구가 목숨을 잃겠군요."

"작전이 우리 손을 떠났으니 잘 이루어지기만을 기대해 봅시다."

풀죽신교의 고위직에서부터 북부의 영주들에게까지 작전 계획이 담긴 책을 나눠 줬다.

무려 490장 분량의 두툼한 책이 북부의 주요 인물들에게 배포되었다.

"작전 계획 9891이라… 멋지군. 뭔가 큰일을 해낼 수 있을 것 같습니다."

"이것만 있으면……. 기다려라, 하벤 제국 놈들!"

"완벽한 계획이군요. 철두철미한 제 성격에 맞습니다."

"후후, 스무 번이나 검증을 마쳤다니 놀랍군요. 승리가 이렇게 가까이 있습니다."

북부의 주요 인물들은 모두가 잠든 새벽에 남들 모르게 혼자 작전 계획이 담긴 책을 펼쳤다.

"오, 이렇게 훌륭한… 음, 그렇군. 쿠우우울!"

"음냐, 왜 이리 졸리지."

"뭐, 뭔가 좋은 이야기 같아! 그러니까 오늘은 됐고 내일 봐야지."

"복잡해. 그러니까 내가 알파 부대야, 브라보 부대야? 암호 문구는 뭐가 이렇게 많고… 드르렁!"

문제는 배포한 작전 계획이 수면제보다도 큰 효과를 발휘했다는 점이었다.

결과적으로 작전 계획을 제대로 이해하고 따르기로 한 유저가 없었다.

전쟁이 벌어지고 난 이후에도 유저들은 서로 눈치를 보았다.

"기동 지역 점유 계획. 이걸 뭐라고 설명하지? 나도 이해를 못 했는데."

"그러니까 싸우라는 거야, 아니면 후방 잠입을 하라는 거야? 무슨 마흔아홉 가지 상황에 맞춰서 전술을 그렇게 복잡하게 짜냐. 아무튼 똑똑한 놈들은……."

"음, 바로 옆에 부대에 맞춰서 하면 될 테지."

풀죽신교의 선봉을 맡은 독버섯죽 무리는 더했다.

"풀죽, 풀죽, 풀죽!"

"우리 대장, 뭐 받지 않았소?"

"아, 이거… 좋은 거니까 너도 읽어 봐."

"캬하, 이런 것이었군요. 이렇게 하라는 거였구나. 이제야 이해가 되네. 근데 그냥 앞으로만 달려야지."

작전 계획서를 잘 읽지도 않고 대충 돌려 보면서 감탄했다.

"우리나라 국방 계획보다도 꼼꼼한 것 같은데… 아무튼 꼰대들이란."

"덕후들은 어디든 널려 있지 않겠습니까."

"이놈들, 나중에 세계대전이라도 일으킬 것 같은데 미리 처형합시다."

작전 계획서는 이후에 그냥 버려졌고, 그것은 호시탐탐 노리고 있던 하벤 제국의 첩보원이 가져가게 되었다.

알카트라와 라페이를 비롯한 헤르메스 길드의 고위층은 그 작전 계획서를 보며 감탄과 두려움에 떨었다.

"아르펜 왕국에 이렇게 머리 좋은 놈들이 있었다니 기가 막힐 노릇이군요. 이대로 전쟁이 수행된다면 우리가 불리한 점이 많습니다. 우리가 걱정하고 감췄던 빈틈들이 전부 노출되었어요."

"잡다한 찌꺼기 같은 인원들을 특성별로 분류하여 효율적으로 활용하도록 되어 있습니다. 몇 번의 전투를 치르며 군사 편제를 확립하여 정복 전쟁을 수행할 수 있는 원정군으로서 자연스러운 전환을 일으키고 군단별 연계 작전도 진행하게 되어 있다니, 정말로 장차 중앙 대륙까지 넘볼 수 있겠습니다. 이런 터무니없는!"

"장차 국방력 강화를 위한 계획 부분을 주목하여 보십시오."

"신무기 도입 사업과 중앙 대륙의 해방촌 건설, 영토 분리를 위한 해안 상륙작전까지 총망라되어 있네요."

"특공 부대와 공수부대, 해군 특수부대가 수행할 임무들은 또 어떻습니까. 앞으로 1달 뒤에 이러한 계획들이 제국 내에서 벌어지면 감당하기 어려울 겁니다."

"상업용 대형 선박을 이용하여 조인족들의 해상 출격 기지로 삼는다. 항공모함을 통한 해안 도시 봉쇄 작전은 당장이라도 놈들이 수행할 수 있습니다."

"급해요. 대비책 마련이 너무 시급합니다. 당하기 시작하면 그땐 늦어요."

헤르메스 길드의 고위층에서는 작전 계획서를 보며 대응 전술을 마련하기 위해 심사숙고했다.

밤을 꼬박 새우고, 아침과 낮에도 회의가 이어졌다.

무엇을 하든 돈과 인력이 필요했다.

헤르메스 길드는 주요 전력을 재배치하고, 엄청난 자금을 들여서 장비를 갖추고 대응 타격 부대도 양성했다.

"으아아아아! 도대체 어디서부터 어디까지냐."

"정신 똑바로 차리자. 어쨌든 오는 족족 다 죽이기만 하면 돼."

"슬쩍 건드리기만 해도 죽는데?"

"나 방금 늘어진 천 허리띠 주웠어. 방어력 2짜리야. 버리기도 귀찮다."

헤르메스 길드 유저들은 제국군과 함께 성벽을 지켰다.

성벽을 새까맣게 기어오르는 북부 유저들.

요새 정복을 위한 교두보도 확보하지 못하고 목숨을 잃거나, 사다리가 뒤집혀서 우수수 한꺼번에 쓰러졌다.

수백의 도끼 부대가 성문을 두들기고는 있었지만 무려 열세 겹의 강철로 무식하게 덮어씌웠으니 파괴될 염려는 하지 않아도 좋았다.

알카트라는 요새의 가장 높은 장소에서 수비군을 지휘했다.

"놈들이 아예 발을 붙이지 못하도록 해라. 지원 병력은 언제든 출동할 수 있도록 준비를 갖추고 대비해!"

그때 성문 위에서 바윗덩어리들을 준비하는 것이 보였다.

"투석 공격은 나중에. 지금은 현재 상태만 유지하라!"

제국군의 전투 자원을 최대한 아끼면서 싸우도록 했다.

북부 유저들의 작전 계획서를 봤으니 다음 단계의 전투를 염두에 두고 있는 것이었다.

'아마 돌격 난입 부대가 있었지. 그들이 언제쯤 나타날 것

인가. 전투는 그때부터가 진짜다.'

헤르메스 길드의 마법사들은 간간이 마법을 날려서 북부 유저들을 대량으로 살상했지만 빈자리는 금방 메꿔졌다.

바닷물에서 한 바가지를 퍼낸 것과 마찬가지다. 전투를 위해 사람들이 워낙 많이 줄 서서 기다리고 있기 때문이었다.

"풀죽, 풀죽, 풀죽, 풀죽!"

풀죽의 외침이 전장을 하나로 만든다.

제국군과 헤르메스 길드 유저들은 그 소리에 기가 질렸지만 자리를 빼앗기거나 하진 않았다.

"공격이다!"

"마구 날려요."

북부 유저들의 화살과 마법 공격도 요새를 향하여 날아왔다.

제국군 마법사와 정령사가 이를 요격하는 한편 공격 지점을 타격했다.

북쪽에서 시작된 전투는 요새의 동서로 확장되었다.

알카트라가 전체적인 전술을 결정하긴 했지만 중간 지휘관들도 자신의 부대를 통제해서 싸워야 한다.

'돌격 난입 부대는 조인족들을 타고 와서 성벽을 점거한다고 했지.'

중간 지휘관들은 그 점을 고려하여 최정예 군단으로 대응 부대를 편성해 놓았다.

장궁병에서 일부, 레인저에서 일부, 긴급하게 출동할 수 있는 헤르메스 길드의 고레벨 유저들이 대기했다.

'근데 조인족은 왜 코빼기도 안 보이는 거야?'

참새 1마리도 보이지 않는 깨끗한 하늘.

'설마 변동 계획 7차로 바뀌었을까?'

너무 많이 아는 게 죄라고, 공연히 이루어지지도 않을 걱정들을 하고 있었다.

중간 지휘관들은 날밤까지 꼬박 새우면서 작전 계획서를 달달 외웠던 것이다.

'지금 무작정 돌격하는 것을 보면 11차 계획 같기도 하다.'

알카트라는 상황 변동에 따라 기사단 병력을 남쪽으로 보내서 침투조가 있는 건 아닌지 확인까지 했다.

"자, 한 지점을 썰어요."

이윽고 목초죽 부대의 도끼 유저들이 성벽에 도끼질을 가하기 시작했다.

잠깐 오르다가 쓰러지고 마는 사다리가 아니라 요새의 벽을 깎아서 발을 딛고 올라갈 수 있는 계단을 만들려는 계획이었다.

"저놈들을 해치워라!"

궁수들에 의해 순식간에 도끼 부대 전멸.

북부 유저들의 눈에 띄는 행동은 너무 쉽게 표적이 되었다.

몇십만, 몇백만일지 모르는 인원이 푸홀 요새를 공격하기 위하여 평원을 가득 채운 채 밀려오고 있다.

"그냥 돌을 쌓아서 넘어갑시다!"

누구의 것인지 모를 고함 소리가 북부 유저들 사이에서 터져 나왔다.

"좋습니다, 좋아요! 우리는 경험이 있으니까요."

로자임 왕국에서부터 착취를 당했던 피라미드 세대!

북부에서는 프레야 여신상을 비롯하여 각종 위대한 건축물 사업에 의해 단련된 유저들이 돌을 운반했다.

푸홀 요새 근처에서는 구할 수 없어서 발 빠른 유저들이 멀리까지 가서 돌을 캐 왔다.

"헉헉, 여기요. 성벽 앞까지 보내 주세요."

"석재 갑니다. 길 비켜 주세요!"

주먹보다 큰 돌이 사람들의 손을 거쳐 앞으로 계속 운반되었다.

하나둘씩 날라져 온 돌은 곧 무지막지한 개수로 불어나며 성벽 아래에 차곡차곡 쌓였다.

황소를 타고 있는 북부 유저들은 근처에서 큰 돌을 끌어오기도 했다.

어떻게든 사람들의 손에 닿기만 하면 돌의 크기에 따라서 5~6명, 혹은 20명까지도 달라붙어서 앞으로 날랐다.

제국군에서 마법과 화살로 사람을 죽이더라도 돌은 그대로 없어지지 않고 남아 있다.

사람들에 의해 성벽 앞에 계속 돌들이 놓였다.

풀죽신교의 유저 중에서 누군가가 즉석으로 만들어 낸 계획이었지만 효과는 제법 있었다.

"성벽을 점령하자, 우아아아아!"

쏟아져서 들어오는 북부 유저들.

곧 몇 곳의 거대한 돌무더기가 더 완성되어서 성벽을 무용지물로 만들며 북부 유저들이 넘어왔다.

알카트라의 뒤통수를 치는 듯한 계획!

"달라질 것은 없다. 각자 자리를 지키고, 넘어오는 놈들을 죽여라!"

헤르메스 길드 유저들과 제국군의 실력이 워낙 뛰어나다 보니 성벽 일부가 무력화되었다고 해도 수비는 가능했다.

방대한 면적의 푸홀 요새는 9할 이상의 지역에서 성벽의 이점을 톡톡히 누렸다.

그로비둔이 두 팔을 걷어붙였다.

"슬슬 제가 나서도 되겠습니까?"

전투가 벌어진 지도 어느새 2시간 정도가 지났다.

시체가 제법 쌓였으니 욕심이 나는 상황!

대부분은 좀비와 스켈레톤밖에는 안 될 초보들이지만 그래도 대규모로 일으키는 재미는 있으리라.

알카트라는 조금 고민해 보다가 조심스럽게 말했다.

"기왕 참으시는 거 약간만 더 기다려 주시지요. 전장에 변화가 생기면 그때 나서시는 게 좋을 듯합니다. 확실한 등장 기회가 있지 않겠습니까?"

그로비듄이 지금 나서면 병사들의 피로도는 확실히 줄어들리라.

하지만 제국군은 최고의 전력을 발휘하고 있으며 어떤 성벽도 점거당하지 않았다.

아예 전투가 벌어지기 전이라면 몰라도 지금은 지휘관의 능력을 제대로 발휘하고 싶었다. 동시에 유용한 한 장의 카드를 일찍 써 버리고 싶지 않은 마음도 있었다.

"그러시오."

그로비듄도 전장에 참여한 이상 총지휘관의 말을 따라야 했으니 선선히 물러났다.

'시체야 지금도 많지만 앞으로는 더 많아질 테니까.'

북부 유저들이 물러가지 않는 이상 싸움의 기회는 있으리라.

물은 애초에 위드의 출현만을 기다리고 있었기에 그리폰 부대와 같이 내성에 머무르며 나오지도 않았다.

위드는 헤르메스 길드 유저 사냥 때문에 푸홀 요새 인근에 뒤늦게 도착했다.

"흠, 벌써 싸우고 있군."

최소한 산 3개 정도는 떨어져 있는 거리.

푸홀 요새가 손가락보다 작게 보일 정도였다.

북부 유저들은 기대했던 대로 인해전술을 펼치며 계속 밀어붙이고 있었다.

구체적인 모습들은 알 수 없어도 전체적인 국면을 보는 것으로 충분했다.

그가 와일이를 타고 하늘을 날아오는 동안에 봤던 건 충격적인 모습이었다.

북부 유저들이 몇 킬로미터를 뒤덮고 계속 남쪽으로 내려오고 있었으니 그 인원이 터무니없을 정도였다.

최근 아르펜 왕국의 국력은 역시 인구가 떠받치고 있다는 말이 실감이 났다.

"리치로 활약을 하면 위력은 강하겠지만 죽은 자의 힘이 주는 부작용이 문제고, 뮬도 날 노리고 있을 테지."

뮬의 등장은 방송국의 속보를 통해서도 이미 알고 있었다.

위드가 정체를 드러내고 전장에 나타나면 뮬이 그리폰 부대와 함께 집중 공격을 하게 되리라.

아무래도 원주인이 있다 보니 선더 스피어를 꺼내서 쓰기에도 눈치가 보였다.

하벤 제국 최강 전력 중의 하나인 그리폰 부대가 위드만 노리고 덤벼들 테니까 말이다.

"그렇다고 해도 방법은 많지. 세상에는 선택권이라는 게 있어. 하늘이 아니라면 이번엔 땅이야."

위드는 근처에 있는 바위 절벽 아래에서 조각칼을 꺼냈다.

"전쟁의 규모가 크니까 이번엔 대형 조각품이다."

체력과 힘에 부작용이 생기기도 하지만 대형 조각품이 주는 위용은 압도적. 물론 그만큼 적들의 표적이 되기도 쉬웠지만 꼼수는 어디에나 있었다.

"두더지와 애벌레, 지네의 장점을 두루 모아 봐야지."

흉측하게 긴 몸통과 얼굴, 더듬이처럼 돋아난 수염 몇 가닥.

두 팔은 특별히 강하고 날카롭게 만들었다.

이번에 만드는 조각품은 지하 괴물!

기본적으로 땅을 파고 이동하는 형태이며 좁은 공간에서 자유롭게 움직이도록 머리와 상·하체의 구분이 마디 몇 개로 나뉘었다.

"효율적이고 간결한 아름다움이 있군. 요즘 디자인의 추세에 딱 맞는 것 같아."

얼굴과 몸은 영락없이 통통한 지네였다. 두 팔과 두 다리까지 있어서 보기에 더 끔찍하다.

여자아이들이 혐오감에 휩싸여서 눈물을 흘릴 만한 비주얼!

한창 조각을 하던 중에, 조각 변신술을 쓰면 캐릭터 산업에 쓰이거나 인형으로 제작될 수 있다는 점이 뒤늦게 떠올랐다.

"인형으로도 많이 팔리면 좋겠어. 눈이 인상을 좌우하니까 순진무구한 눈동자로 만들자. 너무 크게 하면 이상하니까 옆으로 쭉 찢어지는 형태지만 눈동자는 맑은 걸로 해야지."

몸매 자체가 극악의 디자인에 지옥에서나 튀어나올 법한 눈매가 더해졌다.

"사냥 기회가 있을 때 놓쳐서는 안 되니까 입은 엄청나게 크게 벌어질 수 있어야지."

쩍 벌리면 인간 5~6명을 한꺼번에 먹어 치울 수 있도록 크게 했다.

"도망치는 놈들을 잡기도 해야지. 내가 도망칠 수도 있어야 되고……. 다기능이 필요해."

옆구리에는 그물과 같은 날개도 달았다.

하늘을 날 수는 없지만 옆으로 확 펼쳐져서 살아 있는 생명체들을 그물처럼 붙잡을 수 있는 기능을 가졌다.

"그 외에 쓸 만한 곳은 꼬리가 되겠군."

두껍고 날카로운 꼬리는 채찍처럼 휘둘리리라.

이 정도라면 웬만한 조각사에게는 만족스러울 만도 하지만 위드에게는 턱없이 약해 보였다.

"결정타가 없어. 단순해."

정말 강한 조각 변신술을 펼쳐 보이고 싶었다.

보통 전쟁터가 아닌 만큼 어중간해 봐야 캐릭터로 팔아먹기 어렵지 않겠는가.

그때 쭉 벌어진 입이 위드의 눈에 띄었다.

거대하긴 하지만 왠지 모르게 밋밋하게 느껴졌기에 독특한 미적감각이 총동원되었다.

"눈에 띄지 않고 지나칠 뻔했는데 역시 부족한 점이 있었군. 혓바닥은 뱀처럼 길게 뻗어 나오게 하자. 이빨은 톱니처럼 날카롭게 해 주고."

이 정도로도 아직 성에는 안 찼다.

대형 생명체의 위엄이란 외모만으로는 부족한 측면이 있었다.

"역시 범위 공격 기술이 있어야지."

이번에는 중요한 생식기의 뒤쪽 개량에 들어갔다.

이른바 엉덩이 개조 사업!

"참기 힘든 냄새를 심하게 뿜어내는 거야."

길쭉한 지네에 온갖 안 좋은 곤충들을 더해 놓은 것만 같은 형상.

1초 이상 눈을 마주치기가 불가능할 정도의 생김새를 완벽하게 구현했다.

"오랜만에 만족스러운 작품이 나온 것 같아."

숙련도가 조금 남아 있어서 조각술 마스터는 힘들겠지만 제법 성공적인 작품이 될 것 같았다.

이번에야말로 딱 자신의 마음에 드는 작품이 나왔다.

–만드신 조각품의 이름을 정해 주십시오.

"물컹꿈틀이로 하자."

–물컹꿈틀이가 맞습니까?

"그렇다."

걸작! 물컹꿈틀이상을 완성하셨습니다!

세계를 구하는 영웅이었으며 드넓은 땅을 자유롭게 돌아다닌 모험가. 시간과 예술의 탐구자인 위드가 만든 작품.

조각사 위드의 능력은 이미 그 끝을 알 수 없는 경지에 다다랐다는 소문이 돈다.

그가 만든 충격적인 작품 물컹꿈틀이!

어긋나고 절제되지 못한 균형미, 불쾌한 외모, 알 수 없는 냄새는 사람들이 가까이 다가가지 못하게 만든다.

예술적 가치 : 30.

특수 옵션 : 물컹꿈틀이상을 바라본 이들은 생명력과 마나 회복 속도가 하루 동안 41% 증가한다.

　　　　　동료의 사기가 저하됨.

　　　　　주민들이 이 조각상 부근에서는 살고 싶어 하지 않을 것이다.

　　　　　행운 35% 감소.

다른 조각품과 중복 적용되지 않음.

지금까지 완성한 걸작의 숫자 : 144.

생명력과 마나 회복 속도는 빨라지지만 나머지 옵션은 영락없이 쓰레기였다.

특히 냄새로 인해 땅값을 떨어뜨릴 수 있는 옵션은 최악이라고 할 수 있었다.

"어차피 달리 쓸모도 없으니 잘됐군. 조각 변신술!"

―조각 변신술을 사용합니다.
　조각술에 대한 무한한 애정은 그 조각품과 조각사를 서로 닮게 만든다!

위드의 목과 몸이 하염없이 길고 두꺼워지면서 구분할 수 없도록 서로 딱 달라붙었다.

오동통하게 살찐 지네.

팔다리는 두껍게 돋아났으며 날카로운 발톱과 갈퀴가 생겨났다.

옆구리에는 괴상하게 달라붙은 얇은 날개와 공격용 꼬리까지 가졌다.

차라리 거울이 없는 것이 다행일 정도의 외모로 변신을 마쳤다.

―몸의 형태가 바뀌면서 현재 착용하고 있는 장비들을 모두 쓸 수 없게 되었습니다.
　종족이나 형태에 따라 필요한 장비를 새로 구하십시오.

―조각 변신술의 영향으로 힘과 인내, 체력이 크게 증가합니다.
　지력과 지혜가 최저 수준으로 하락합니다.
　예술 스텟이 사라졌습니다.

행운이 마이너스 350으로 변하여 불행한 일이 자주 생겨납니다. 이 불행은 주변으로도 퍼지게 될 것입니다.
대지와의 친화력이 최대치가 되었습니다.
특별히 큰 생존력을 가진 종족의 특징으로 생명력과 체력이 600%까지 증가합니다.
독에 대해 내성이 생깁니다.
약간의 단단한 피부를 가집니다.
조각 변신술이 풀릴 때까지 유효합니다.

−조각 변신술을 통해 종족 스킬을 다섯 가지 획득했습니다.

땅 파기(고급 8레벨 36%) : 땅을 파고 지하에서 이동할 수 있습니다. 단, 연약한 지반의 경우 무너질지도 모르는 위험을 감수해야 할 것입니다.

땅 흔들기(고급 3레벨 48%) : 땅속 깊은 곳에서 일어나는 일은 지상의 생명체들에게는 공포스러운 것입니다. 때때로 체력을 소모하며 지진을 일으켜서 지상의 생명체들을 놀라게 만들 수 있습니다. 단, 누군가를 공격하기 위해서는 아주 엄청난 힘이 있어야만 할 것입니다.

습지 형성(고급 6레벨 11%) : 물을 끌어들여서 일대의 지형을 바꿀 수 있습니다. 촉촉한 땅은 대지의 기운을 끌어올려 농사를 짓기에도 최고이지만, 지하 종족들이 땅을 파는 속도를 늘려 주며 체력을 빨리 회복시켜 줍니다.

집요한 생명력(고급 9레벨 88%) : 생명력의 최대치를 6.58배 증가시켜 줍니다. 신체의 일부가 잘려 나가도 생명을 이어 나갈 수 있습니다. 생명력이 하락하겠지만 어느 정도가 지나면 피해가 지속되지 않습니다. 85%의 높은 확률로 잘린 신체에도 일부의 생명력이 부여되어 끝까지 활동합니다.

먹기 마스터 : 음식을 먹을 수 있습니다. 음식의 영양분을 흡수하여 신체 능력을 상승시키거나 빠르게 상처를 회복합니다. 살아 있는 것은 그 무엇이라도 먹을 수 있을 겁니다. 그 대상이 설혹 인간이라도…….

전반적으로 크기만 큰 생명체이다 보니 종족에 필요한 기본적인 스킬 외에는 없는 것과 마찬가지였다.

변변한 공격 스킬이나 방어 스킬도 없다.

다만 보유하고 있는 생명력만큼은 무지막지할 정도였다.

위드가 조각사가 아닌 전사로만 모습을 바꾸더라도 생명력이 최소 20만 이상은 된다.

로열 로드에서는 생존을 중요하게 생각하기 때문에 20만 이상의 생명력을 가진 유저도 찾기 힘든 건 아니었다.

조각사의 모습을 버리면서 최하 20만의 생명력, 그리고 종족 특유의 긴 생존력으로 6배의 생명력, 집요한 생명력 스킬까지 생겨나 다시 생명력이 6.58배가 더해졌다.

최종적인 생명력은 무려 7백만을 넘어섰다.

방어 스킬, 맷집 강화 스킬 따위는 없이 단순 무식하게 그냥 생명력 하나로 버텨야 하는 몸이었다.

"멋진 몸이군. 뭐, 특별한 능력은 없고 꿈틀거리는 게 전부지만 말이야."

말 그대로 광역 공격 스킬이나 대학살 스킬이라도 있었다면 더할 나위 없을 것이란 생각에 아쉬움이 드는 건 어쩔 수 없었다.

위드의 입이 벌어지면서 톱날처럼 날카로운 이빨이 드러났다.

"급하게 만들어서 조금 모자란 부분이 있었던 것 같아. 다음에 비슷한 종족을 만들 일이 있으면 더 참고해 봐야지."

한층 더 끔찍한 종족에 대한 연구는 앞으로도 쭈욱 계속되어야 하리라!

위드는 땅을 향해 앞발을 움직였다.

푸파바바바밧!

순식간에 땅이 파헤쳐지면서 몸이 지하로 파고들어 갔다.

조인족의 무서움

전투가 벌어지고 4시간.

북부 유저들은 성벽 공략에 수없이 실패를 거듭했다.

푸홀 요새에서는 제국군을 중심으로 방어하며, 위험한 지역은 헤르메스 길드 유저들이 나서서 평정했다.

대학살의 장면은 수없이 나왔지만 계속 같은 일의 반복이었다.

불을 향해 덤벼드는 나방처럼 달려와서 죽는 북부 유저들.

막강한 전투력과 화력을 뽐내며 이들을 제압하는 하벤 제국.

'적이 작전 계획대로 움직이지 않는다. 전술도 뭣도 없이 그냥 덤벼들기만 해. 이건 너무 일방적인 싸움이 아닌가.'

헤르메스 길드 유저들은 곤혹스러웠다.

사망자 숫자를 비교하면 100배 가까이 차이가 날 정도의 일방적인 도살이었다. 그런데 아무리 죽여도 계속 덤벼 온다.

"풀죽, 풀죽, 풀죽!"

헤르메스 길드 유저들은 정신적인 피로를 느껴야 했다.

끝없는 자연재해와 싸우는 것만 같았다.

평원에서 군단의 진형을 무너뜨려서 승리를 거두는 방식도 아니고, 적을 해치우면 순식간에 그 자리를 또 다른 적이 메운다.

'적들도 크게 보면 줄어든다. 우린 이기고 있다.'

머릿속으로는 알고 있지만 무려 4시간이나 같은 일이 반복되다 보니 정신적으로나 체력적으로 피곤해졌다.

알카트라는 예비대를 동원하여 전투부대에 휴식을 취하도록 했다.

'위드는 도대체 언제 나타나는 것이지?'

헤르메스 길드 유저들에게 생기는 동일한 의문.

사실 벼르며 찾아온 뮬이 아니더라도 그를 척살하기 위한 부대가 몇 개나 대기하고 있었다.

이번 전투 역시 북부 유저들을 아무리 죽이더라도 해결되지 않는다는 점을 누구나 안다.

아르펜 왕국의 국왕인 위드를 없애야만 이 지긋지긋한 풀죽신교의 광신도 무리를 멈추게 할 수 있으리라.

하지만 전투가 길어지면서 긴장감도 조금씩 풀렸다.

병사들의 체력이 저하되었으며, 더 이상 장궁병들이 쏠 화살이 남지 않았다.

마법사들도 휴식으로 마나를 보충해야 공격이 가능했는데, 어느 정도의 여유를 남겨 둬야 하니 쉬는 시간이 길어졌다.

북부 유저들 중에는 간혹 고레벨들이 섞여 있어서 헤르메스 길드 유저도 조금이지만 감소했다.

알카트라는 상황을 더 유리하게 바꿔 놓아야 할 때라고 느끼고 그로비듄에게 요청했다.

"이제 나서 주시겠습니까?"

"나쁘지 않구려. 네크로맨서에게 이런 큰 전장은 새로운 경험이지."

그로비듄은 제자로 삼은 네크로맨서들과 같이 요새의 탑에 올랐다.

"다들 준비되었나."

"네."

"그럼 주문을 시작하지."

"너희가 살아서 움직이던 땅으로 돌아오라. 이곳은 어두운 곳, 검고 부패한 땅. 영영 사라지지 않을 암흑의 율법을 모든 이들에게 새길 수 있도록 하라. 언데드 라이즈!"

죽음을 거스르는 네크로맨서 마법!

집단으로 일으키는 언데드 마법이 거대한 파장을 일으키

며 퍼져 나갔다.

그 직후 푸홀 요새의 성벽 너머에서 언데드들이 일어났다.

최소 6,000기 이상의 구울, 좀비, 스켈레톤 부대들이 소환되어 주변의 살아 있는 사람들을 공격했다.

스켈레톤 워리어, 검사가 주축이었다.

그로비듄과 제자들은 성벽에도 언데드 소환 마법을 펼쳤다.

그곳에서는 스켈레톤 메이지들이 되살아나서 북부의 유저들을 향해 마법을 쏘았다.

뼈들이 모이고 자라나서 대형 괴물 언데드도 소환되었다.

"으아악!"

"언데드다. 언데드들을 조심하세요!"

그동안 북부 유저들의 수준도 많이 향상되었다.

레벨 200이 넘는 유저들을 그리 심심치 않게 찾아볼 수 있는 지금이었다.

하지만 레벨 100 이하의 초보들이 여전히 너무 많았고, 그들은 스켈레톤에 의하여 쉽게 목숨을 잃었다.

네크로맨서들은 이어서 시체를 숙성시켜 북부 유저들이 몰려 있는 평원 일대에 전염병을 만들어 냈다.

-오염된 공기로 인하여 급성 패혈증이 발병하였습니다.
체력과 병에 대한 저항력이 낮은 자들 사이에서 전염병이 돌게 될 것입니다.

"크크크, 이것이야말로 네크로맨서다."

그로비듄은 북부 유저들의 혼란을 보며 뿌듯했다.

지금 눈에 보이는 것만 해도 수십만의 대군이다. 후방에서 밀려오는 병력은 그 수십 배에 달한다.

저 많은 이들을 혼란에 빠지게 만들고 큰 피해를 입힐 수 있는 직업은 오로지 네크로맨서뿐이지 않겠는가.

"네크로맨서 직업은 위드가 공개한 것이었지만 가장 최대의 이익을 얻는 것은 나다."

그로비듄에게 남아 있는 목표는 두 가지 정도였다.

네크로맨서로서 궁극의 길을 걸어서 베르사 대륙에서 바드레이도 따라오지 못할 최강자가 되는 것.

나머지 하나는 위드로부터 바르칸의 풀 세트를 확보하는 것이다.

그로비듄은 성벽으로 가서 시체들로부터 마나를 흡수했다.

네크로맨서 2차 전직을 하며 얻은 생기 흡수!

시체에 남아 있는 마나를 흡수하여 자신의 마나 최대치를 일시적으로 3.5배까지 증가시킬 수 있었다.

리치로의 전직.

죽은 자의 힘을 모으고 고급 시체들의 생기를 흡수하면, 모인 생명력을 영구 봉인하여 리치가 될 수 있다.

그때부터는 평범한 인간이라고 부를 수 없는 단계가 된다.

외모가 완전히 뼈로 바뀌고, 으스스한 한기가 주위에 흐른다.

다른 유저들과의 신체 접촉도 어려워지고, 일반적으로 도시를 방문하는 것도 불가능해지며 목숨을 잃을 때의 페널티도 굉장히 커진다.

리치는 불사의 생명력을 얻지만 봉인구가 깨어지거나 신성력 등으로 강제 소멸되었을 경우 레벨이 꽤 하락하는 것은 물론이고 몇 가지 스킬도 잃게 된다.

다시 스킬을 익히고 원래대로 회복하려면 긴 기간을 필요로 한다.

그러나 그로비듄은 개의치 않았다.

네크로맨서는 네크로맨서다워야 하니까!

"생기를 잃은 시체들아, 모이고 뭉쳐라. 죽음에서 일으키는 마력이 너희에게 모든 율법의 족쇄를 해방하노니… 블러드 골렘 소환!"

시체 수백 구가 뭉쳐서 이루어진, 키가 20미터나 되는 뼈 골렘이 소환되어 일어났다.

"모두 쓸어버려라!"

골렘은 두 주먹을 닥치는 대로 휘둘렀다.

움직일 때마다 시체들이 모이면서 뼈 골렘의 덩치는 끝도 없이 점점 커져 갔다.

'아직은 약한 시체들이 많으니 상급 뼈 골렘이 쓸 만하지.'

네크로맨서에게 자원이며 생명 줄이고 전투 물자라고 할

수 있는 시체는 넘쳐 날 정도로 많았다.

'마나를 다시 채우고 언데드를 소환하는 식으로 한다면 최소 몇만 구를 지휘할 수 있겠지. 방송국들이 실시간으로 중계하는 이 전장의 영웅은 바로 나 그로비듄이 될 거야.'

레벨이 507에 달하는 그로비듄이 희망에 부풀었다.

네크로맨서는 인해전술을 역으로 발휘할 수 있는 직업!

가장 많은 이들을 살상하며 새로운 전설을 쓰게 되리라.

'전장의 최강자는 바로 나다.'

전투 직전, 조인족 사이에서는 작은 내분이 일어났다.

"지상의 전쟁? 그게 우리와 무슨 상관입니까? 애초에 조인족은 영토의 구분을 넘어서는 존재입니다."

"풀죽신교라. 좋습니다, 좋아요. 어쨌든 자유를 신봉하는 연합체인 것 같으니까요. 그러나 우리 조인족의 정신에는 맞지 않습니다."

로열 로드에 끊임없이 유입되는 신규 유저들.

다양한 국적에, 연령대나 직업도 제각각이었다.

그들은 아르펜 왕국이 건국되고도 한참 이후에나 로열 로드에 빠져들었다.

알에서 깨어나서 둥지 생활을 하다가 날갯짓을 배워서 하늘로 날아오른다.

그들이 경험한 조인족은 일찍이 인간으로서 알지 못한 자유로움을 안겨 주었다.

처음에 조인족이라는 종족은 위드에 의하여 선택의 문이 열리게 되었다. 그래서 위드에게 어느 정도 감사하는 마음은 가지고 있지만, 자꾸만 전쟁에 동원되는 것은 원치 않았다.

천공의 섬 라비아스의 광장과 나무들에는 조인족들이 수도 없이 앉아서 의견을 경청했다.

"앞으로의 일을 진지하게 생각해 볼 때도 된 것 같습니다. 하벤 제국이 대륙을 제패하더라도, 달이 차면 기울듯이 스스로 무너지게 될 것입니다. 큰 그림으로 보면 북부 대륙이 장악되더라도 순리라고 할 수 있죠."

"조인족들도 북부의 주민입니다."

"우리가 언제부터 북부의 주민이었습니까! 아르펜 왕국은 아르펜 왕국일 뿐이에요. 땅을 딛고 살아가지 않는 우리는 어느 왕국에도 소속되어 있지 않아요."

"전쟁에 참여하지 않으면 사람들이 우릴 비웃을 텐데 각오는 되어 있나요?"

"각오요? 전쟁에 나서는 건 자유 아니었습니까? 그런 걸로 비웃음당한다면 인간들과 함께할 필요도 없어요."

격렬한 논쟁이 천공의 섬에서 벌어지고 있었다.

전쟁에 참여하지 말자는 주장은 전체의 불과 2할 정도였지만 그들의 의견도 일리가 있었다.

조인족 자체의 습성 때문이었다.

북부 유저들은 도시와 마을에서 다 함께 생활을 하며 도움을 주고받는다.

풀죽신교는 로열 로드를 즐겁게 만드는 가장 큰 요소였다.

판잣집의 도시 생활도 풀죽신교에서 벌이는 각종 행사들을 빼놓고는 이야기할 수 없다.

아르펜 왕국은 이미 풀죽신교와 하나처럼 이어졌다.

하지만 날개를 펼치면 구름 위까지 솟구치며 자유로워지는 조인족들에게는 그런 문화가 절실하게 느껴지지 않았다.

자유를 꿈꾸며 살아가는 조인족들!

그들 중에 전쟁의 피로감을 표현하는 이들이 등장했다.

조인족들의 결정만을 기다리고 있는 용감한 풀죽 공수부대 유저들도 조용히 침묵을 지켰다.

그들은 아르펜 왕국을 구하길 원하지만, 조인족들의 선택도 존중받아야 했다.

그것이야말로 억지로 강요하지 않는 풀죽신교의 고귀한 정신이었으니까.

"까아악!"

그때 서윤이 와삼이를 타고 왔다.

위드의 부탁을 받고 조인족들을 설득하기 위해서 온 그녀.

"와삼이다."

"위드 님의 동료잖아."

그녀의 등장에 조인족들의 시선이 일제히 쏠렸다.

서윤은 와삼이가 땅에 내려앉은 이후에도 무엇을 어떻게 말해야 할지 몰랐다.

'뭐라고 설득을 하지? 우릴 위해서 싸워 달란 말은 너무 뻔뻔한데…….'

양심이 있는 그녀는 머뭇거리기만 할 뿐 아무 말도 하지 못했다.

대충의 상황은 알고 왔다. 그래서 조인족들에게 희생해 달라고 말할 수가 없었던 것이다.

방금 전까지 전쟁 불가론을 외치던 까마귀 조인족이 날개로 그녀를 가리켰다.

"저것 보십시오. 위드의 동료조차 아무 말도 하지 못하고 있습니다. 우릴 끌어들일 명분이 없기 때문입니다."

조인족들의 시선이 조금 차가워졌다.

이곳에는 2백만 이상의 조인족들이 있었다.

새의 형상을 하고 있을 때는 덩치가 작기도 하고, 또 눈이 밝아 멀리까지도 펼쳐져 있기 때문이다.

까마귀 조인족은 급기야 조롱 조로 이야기했다.

"왔으면 무슨 말이든 해 보십시오. 어떤 말로 우리의 희생을 강요할 것입니까! 위드 님이 북부를 일으킨 것은 인정합니다. 네, 대단한 모험가죠. 하지만 그가 아직 국왕의 자리에 있는 것도 우리 유저들의 희생 덕분 아닙니까. 또다시 그런 희생을 원합니까? 언제까지요!"

서윤은 작게 한숨을 쉬었다.

'설득은 무리야.'

이 조인족은 너무 공격적이다. 그리고 하는 말마다 정곡을 찌르고 있었다.

서윤은 위드와 마판이 하는 여러 가지 사업들을 알았다.

땅 투기와 밀수!

그런데 어떻게 뻔뻔하게 위드를 돕기 위해 희생해 달라고 말할 수 있겠는가.

양심의 가책 때문에 그녀가 계속해서 아무 말도 하지 못하자 까마귀 조인족은 신이 났다.

"위드의 동료는 심지어 예의도 없습니다. 우리를 설득하러 온 자리에도 저렇게 당당히 가면을 쓰고 있는 것을 보세요."

기본적인 예의까지 지적당하는 상황!

서윤은 설득은 포기했지만 최소한의 인간적인 예의는 지키고 싶었다.

그녀가 천천히 가면을 벗었다.

"푸켁!"

"꽥!"

"째재잭!"

"꼬끼오!"

푸다닥!

서윤의 미모가 드러나자 조인족들 사이에서 깃털이 날리면서 다양한 괴성들이 터져 나왔다.

남자나 여자나 가리지 않고, 살아생전 이렇게 눈을 의심하며 집중력을 발휘한 적이 없었다.

그녀의 깨끗한 피부와 눈, 코, 입, 이마, 볼, 턱 그리고 머리카락.

사람이라면 누구나 갖고 있는 그것들이 상상할 수 없는 최적의 조합으로 어우러져서 저항이 불가능한 눈부신 아름다움을 발산했다.

서윤의 주변으로는 무지개보다도 더한 후광이 나타나는 것만 같았다.

갑자기 어떤 기상이변이 일어나더라도 그녀의 외모만큼 놀랍진 않을 정도였다.

풀죽신교의 여신!

그녀를 짐작하고 있던 사람들조차도 놀랐다.

"조각상이랑 다르다. 그건 만분의 일도 안 된다, 꼬끼옷!"

"위드 나쁜 놈! 이유야 어쨌든 일단 나쁜 놈!"

"역시 딸. 진심으로 딸을 낳아야 돼……."

"태어나길 잘했고, 로열 로드는 최고의 선택이었어. 인생에 후회가 없어졌어."

아직까지 서윤의 얼굴을 실제로 가까이에서 본 인간 유저들도 적었지만, 조인족들에게는 처음이다.

방송이나 인터넷을 통해서 흘러나온 그녀의 영상도 있었으나 한정된 화면으로는 도저히 그녀의 매력을 다 담지 못했다.

서윤이 있는 것만으로도 이 부근이 아름다워지는 느낌이었다.

"크아아, 감당할 수 없는 아름다움에 내 머리가 어지러워. 실로 황홀하구나."

"저, 전염병인가. 나 역시 마찬가지야."

"짧은 인생, 여기서 마치더라도 후회는 없으리."

서윤의 얼굴이 붉게 달아올랐다.

조인족 유저들이 과분한 칭찬을 해 주고 있다고 생각했으니까.

'사람들은 예쁘다는 칭찬을 많이 해 주는 것 같아. 모두 다 친절하고 착해.'

이 세계에는 착한 사람들만 사는 것 같았다.

그녀가 마주쳤던 사람들.

횡단보도에 서 있으면 신호와 관계없이 자동차들이 쭉 멈춰서 그녀가 지나가기만을 기다려 준다.

과거에는 비서가 모는 고급 승용차를 탔지만 최근에는 버스를 자주 이용했다.

그녀가 정거장에 서 있으면 버스 기사들도 차를 세워 놓고 어디를 가는지 물어본다.

가끔 방향이 안 맞거나 하면 친절하게 다른 위치에서 타라고 알려 주었다.

"아, 거기 가긴 하는데요. 이 차는 쭉 돌아서 가는데… 잠시만요. 손님들, 우리 바로 이 아가씨부터 데려다 드려도 되겠습니까?"

"물론이죠. 하나 마나 한 질문을 왜 합니까."

"기사 양반, 거 생각 잘하셨네. 진짜 똑똑해!"

"아가씨, 어서 타세요!"

열화와 같은 기사와 손님들의 환영을 받으며 버스를 이용할 수 있었다.

그녀가 앉기 전까지는 출발도 하지 않았으며, 고급 승용차 못지않게 쾌적하게 운전한다.

경찰들이 순찰을 돌다가 동네에서 걸어가는 그녀를 발견하면 먼저 다가왔다.

"이렇게 혼자 다니시면 위험하니까 저희가 가시는 곳까지 모셔다 드리겠습니다. 오후 2시라서 괜찮다고요? 경찰이 이런 말 하긴 곤란하지만 요즘 범죄는 낮과 밤이 따로 없어요. 아니, 시민들 안전을 지키는 것 이상 급한 일이 뭐가 있겠습니까."

"임 경장, 앞으로 이쪽 동네 순찰 2배로 늘려!"

"초소라도 하나 지어야 되는 거 아닙니까?"

"밖에 다니실 때는 112로 언제든 전화만 주세요."

시장에서 물건을 살 때도 마찬가지였다.

"살치살 500그램? 허… 하필이면 요즘 살치살이 비싼데. 그래도 살 거요?"

"네."

"배가 부르려면 1킬로는 먹어야지. 남아도 냉장고에 넣어 뒀다가 나중에 먹으면 되니까요. 등갈비도 괜찮은데 한 3킬로 정도 포장해 드릴까요?"

"죄송한데 돈을 많이 안 가지고 나왔어요. 1시간 후에 와서 사 가도 될까요?"

"아, 무슨 소리를. 단골 되시라고 서비스입니다, 서비스. 고기 팔면서 손님한테 이깟 정도도 못 해 주겠습니까? 살치살 500그램 가격만 주세요. 아니, 그것도 그냥 반값만 줘도 돼요. 할인하죠, 할인. 이게 다 시장 인심이니까요."

사람들의 넉넉한 인심!

서윤은 미래에 직장 생활을 할 것도 고민해 봤다.

'맞벌이를 해야 할 텐데… 경기 침체로 세상 살아가기가 힘들다고 하니까.'

가정을 꾸려 나가기는 정말 어려운 일이다.

위드가 열심히 돈을 벌려고 하는 모습들을 보더라도 충분히 그게 느껴졌다.

그의 부담감을 덜어 주기 위해서라도 취직을 해 보리라.

방학에는 인턴도 경험해 볼 생각으로 대기업에 몇 곳 원서를 넣었는데 그날로 부장급 인사 담당자가 찾아왔다.

대기업 부장은 서윤을 보며 한동안 넋을 놓았다.

"외모가 사진보다도 훨씬 더⋯⋯. 취직요? 아니, 학력도 이렇게 좋으시고 성적도 뛰어나신 분이 왜 우리 회사 따위를 오려고 하시죠? 서류 심사나 면접요? 그걸 뭐라고 봅니까. 오신다면 오늘이라도 바로 자리 만들어 드리겠습니다."

다른 기업에서도 담당자가 직접 찾아왔다.

"원서를 넣어 주셔서 고맙습니다. 취직이야 우리 회사에서 부탁을 드려야 마땅합니다. 그리고 혹시 광고 모델 생각 없으십니까? 회사에서 출시하는 이번 신제품 광고에 모델이 필요한데 계약금만 10억 정도는 드릴 수 있을 것 같은데요. 업계 최고 대우를 약속드립니다."

"우리 회사는 세계적인 기업입니다. 휴대폰에서부터 자동차, 패션, 첨단 의료 기기까지, 원하시는 분야의 광고 모델이 되어 주십시오. 돈이야 원하시는 액수만 말씀하시면 입금해 드릴 테니까요."

유명한 연예인 소속사에서도 어떻게 안 것인지 찾아왔다.

"제작비 200억 이상의 영화, 드라마를 위주로 해서 대본을 좀 가져와 봤습니다. 미국 쪽에서도 관심이 많은데⋯ 아, 영어가 되신다고요? 그럼 여주인공 자리를 바로 드릴 수 있습니다. 대학도 다니고 있으니 미국으로 가긴 곤란하시다, 그러면 그쪽에서 관계자들이 한국에 와서 제작할 수도 있을 겁니다. 영화 기술이 괜히 있는 게 아니니 말이지요. 시나리오요? 그거 다 맞춰서 수정하면 돼요. 사정없는 사람이 대체 어디 있습니까. 서로 맞춰 가면서 사는 거죠."

더없이 친절하고, 뭐든 도와주려고 애쓰는 사람들.

서윤은 조인족들을 보며 미안함에 눈시울을 붉혔다. 숨을 몇 번 가다듬은 후에 더없이 영롱한 목소리로 이야기했다.

"여러분의 판단이 옳아요. 지금까지 도와주셔서 감사해요. 평생… 잊지 못할 거예요. 꼭 보답하겠습니다. 고마웠습니다."

그녀는 허리까지 숙여서 공손히 인사했다.

설득하려고 왔지만 조인족들을 배려하려는 착한 마음씨.

어떤 변명이나 합리적인 이유를 들어서 설득하지도 않았는데 조인족들의 마음을 움직였다.

"꼬끼옷!"

"푸케켁!"

"까악!"

"후히힉!"

"포폭!"

조인족들 사이에서는 난리가 났다.

"거 누구야, 어떤 버르장머리없는 병아리들이 은혜도 모르고 배반을 했어?"

"깃털에 아직 노른자도 안 마른 놈들이 있었단 말이야?"

"아니, 여신님, 오해가 있으십니다. 우린 그저 보다 더 열심히 싸우고 하벤 제국을 완전히 정복하기 위한 토론을 하고 있었던 것이에요."

"불구대천의 원수, 하벤 제국! 너희를 용서할 수 없다."

2할에 가까운 불평분자들은 태도를 달리했다.

'뭔가 지금까지 살아온 내 인생에 문제가 있었던 것 같아.'

'어째서 내가 잠깐이라도 의심을 했을까. 아르펜 왕국 때문에 로열 로드를 시작했는데. 그 마음이 간사해졌던 거야.'

'조인족들이 희생을 했다고? 조금 전에 나도 같은 생각을 했지. 같은 편이었지만 진짜 추잡스럽다. 이제라도 개과천선하자. 나도 인간답게 살아야지.'

파벌로 나뉘어 벌이던 싸움이나 팽팽한 의견 대립 같은 건 어떤 이유도 없이 사라졌다.

이것이야말로 여신 강림!

사람들은 판단력은 물론이고 영혼까지 빼앗겼다.

군대에 걸 그룹이 방문하는 것과도 차원이 다른 영향력.

남자들 사이에서는 진짜 신이나 마찬가지였다.

분위기가 완전히 바뀌었다. 더 이상 그녀에게 함부로 말을 했다가는 조인족들 사이에서는 물론이고 사회생활에서도 매장될 상황.

까마귀 조인족이 큰 소리로 외쳤다.

"자, 결정합시다! 풀죽신교와 함께 싸울 분은 하늘로 솟구치세요!"

조인족들이 크게 울며 일제히 날개를 펼쳤다.

"꾸아!"

모든 조인족들이 하늘을 덮었다.

풀죽신교가 기다리고 하벤 제국에서도 예상했던 공격이 벌어졌다.

북쪽에서부터 하늘을 가리고 시커먼 구름 떼가 몰려오듯이 조인족이 날아왔던 것이다.

"놈들의 등장이다. 대공 화살 부대 준비!"

"방패병들은 습격에 대비하고! 놈들의 공격력은 약하다. 땅에 내려온 조인족들은 다시 날아오르지 못하도록 제압해."

"마법사님들은 공중을 맡아 주십시오. 저희가 엄호를 하겠습니다."

제국군의 중간 지휘관들이 병력을 지휘하여 대응 준비를 갖췄다.

푸홀 요새는 구조적으로 조인족의 습격에도 대비가 되어 있었다.

수많은 탑들이 있었고 작은 창을 통해 하늘로 마법 공격을 할 수 있게 건축되었다.

"우아아아!"

"풀죽 공군이 등장했다!"

지상의 북부 유저들 사이에서 함성이 크게 일어났다.

하늘을 날아오는 조인족이 아군이라면 든든하기 짝이 없는 것이었으므로.

리치처럼 온몸이 뼈로 변한 그로비둔은 입가를 실룩였다.

"하늘이라… 기다렸던 상황이지만 하늘까진 제압하지 못하는 건 네크로맨서로서 좀 아쉽긴 하군."

그의 네크로맨서 스킬이라면 본 드래곤을 소환하는 것도 가능했다.

물론 주문에 필요한 충분한 스킬 숙련도를 가지고 있진 않아서 평소보다 더 많은 제물과 마나를 소모해야 했다.

지상에 언데드를 대거 일으킨 지금으로서는 주문 지배력이 부족하여 본 드래곤은 무리였다.

알카트라는 내성에서 쉬고 있는 용기사 뮬을 찾아갔다.

"뮬 님, 조인족들이 오고 있습니다."

"그래서요?"

"나서 주시는 것이……."

"아직 아닙니다."

"뮬 님이 나서 주시면 확실히 우리의 우세를 굳힐 수 있을 겁니다."

"북부군 총사령관 알카트라 님."

뮬은 차분히 말하면서 날카로운 눈으로 알카트라를 봤다.

"저 역시 2개의 지방, 과거에는 두 왕국이었던 넓은 영토를 지배하고 있습니다. 무적의 그리폰 군단을 데리고 말이에요. 그러나 비열한 방법에 의해 위드에게 저 개인이 목숨을 잃음으로써 명예가 크게 떨어졌죠."

"그 점은 저 역시 심심한 위로를 드립니다."

"어찌 되었건 결과가 중요하다 보니 제 명예는 과거와 같지 않습니다. 사람들이 우습게 보고 있으니 설욕전을 해야 해요. 두 지방을 다스리고 있는 제게 출전해서 고작해야 조인족들이나 학살하라시는 건 난감한 일입니다. 위드만 기다리고 있는 제 입장도 이해해 주시길 바랍니다."

"알겠습니다."

알카트라는 더 이상 어쩔 수 없다고 생각했다.

헤르메스 길드에서 그보다도 높은 지위에 있고, 개인적인 무력도 뛰어난 뮬.

그와 같은 입지를 가진 사람이 치욕적인 방법으로 목숨을 잃었다.

일대일의 승부라면 담담히 결과를 받아들여야 하겠지만 방심하다 뒤통수를 얻어맞은 것이기에 더욱 분노에 타오를 수밖에 없었다.

뮬과 그리폰 군단이 조인족 따위를 해치우기 위해 출전해 주길 바라는 건 지나친 욕심이었으리라.

'어쨌든 위드가 나타나면 막아 주겠지. 그것만으로도 충분히 부담은 줄어든다.'

알카트라는 성벽으로 올라와서 제국군의 병력을 단단히 뭉치도록 했다.

"우왕좌왕하지 마라. 조인족들은 혼란을 일으킬 수 있지만 근본적으로는 약하다. 너희의 상대가 될 수 없는 놈들이다. 스스로의 목숨을 지키면서 마법사들을 보호하라. 승리는 우리의 것이다!"

"우하!"

제국군이 일으키는 함성도 북부 유저들에 못지않다.

알카트라의 지휘력과 푸홀 요새의 방어적인 효과가 더해졌기 때문이다.

무려 1백만의 병력.

성벽에 투입된 것은 25만 정도이지만 요새 안에서는 예비대가 휴식을 취하고 있었고, 중앙 연무장에서는 기사단과 기병대도 출격 대기하고 있었다.

방대한 면적의 요새 내에는 정예군이 가득했다.

전장의 지휘관으로서 치솟는 카타르시스!

'이번에는 안 된다, 위드. 참패를 겪게 해 주마.'

그사이에 조인족들이 전장의 하늘을 뒤덮었다.

종류도 알아보기 힘들 정도로 가득 찬 새들의 모습은 또 하나의 경이로운 장관이었다. 가끔 빈 곳으로 햇빛이 지상까지 내려오는 빛 내림 현상이 생겨났다.

조인족들은 습격을 조율하기 위해 하늘에서 천천히 세 바퀴 정도를 돌았다.

조인족들의 소용돌이는 자연현상처럼 느껴질 정도로 거대했다.

산전수전 다 겪은 헤르메스 길드 유저들조차 침을 꿀꺽 삼킬 정도의 긴장감.

후두두두둑.

그리고 하늘에서 무언가가 내렸다.

"갑자기 웬 비가… 아니, 이 맛은… 똥오줌이다!"

"으악, 머리에 떡이 졌어."

푸홀 요새로 무차별 쏟아지는 조인족의 똥오줌 공격!

단순히 불쾌감을 주기만 한 것은 아니었다.

성벽 위가 질퍽댈 뿐만 아니라, 병사들의 사기마저 떨어뜨린다.

"방패를 들어!"

"엄폐물, 엄폐물!"

칼날 앞에서도 눈 하나 깜짝하지 않는 용맹한 헤르메스 길드 유저와 알카트라의 도끼병 부대도 똥오줌을 피하기 위해서 아우성을 쳤다.

한동안 길게 떨어지는 똥오줌들.

새 차를 산 사람이라면 정말 지옥에나 간 듯이 느껴질 일이 푸홀 요새에서 벌어지고 있었다.

멀리 있던 북부 유저들에게도 조인족들의 무차별 똥오줌 공격이 푸홀 요새로 비처럼 떨어지는 것이 보였다.

"조인족들과 친하게 지내야겠군."

"으… 벌써부터 더러운 기분이다. 저기 꼭 점령해야 되는 거겠지?"

"그냥 며칠 쟤들끼리 놀라고 놔두는 게 더 나을 수도…….."

똥오줌 공격이 잦아든다고 느껴질 때쯤이었다.

"꼬끼오오!"

닭 울음소리 같은 게 터져 나왔다.

그 순간, 하늘이 일제히 내려오는 것처럼 느껴지는 조인족의 세찬 강습!

하늘 높은 곳까지 솟구쳤던 조인족들이 최대한의 속도를 내며 지상으로 내리꽂혔다.

"습격이다. 모든 병사들은 방패를 들고 대비하라."

조인족들은 약하다. 그랬기에 알카트라와 헤르메스 길드 유저들은 귀찮아도 심각하게 여기지는 않았다.

"갑옷을 입은 병사들이 나서서 막아라. 궁수들은 그 자리에 누워서 하늘을 향해 화살을 날리도록."

그들이 생각해도 완벽한 대응 태세!

'조인족들만 처리하면 요새를 수비하기가 훨씬 쉬워지겠군.'

조인족들이 막무가내로 덤벼 온다면 숫자를 쉽게, 많이 줄여 놓을 수 있다.

조인족은 전술적인 활용도가 엄청난 병력인데 너무 무차별로 쏟아져 내려오는 게 이해가 안 될 정도였다.

'조인족의 작전 계획은 대체 뭐였지? 왜 하나도 맞는 게 없는 거야?'

조인족은 빨라도 너무 빨랐다.

중력에 비행 능력까지 더해져 전력을 다해 지상을 향해서 떨어졌다.

다시 날아오를 생각 따위는 하지 않고 오로지 하벤 제국의 병사들을 하나씩 목표로 삼아서 온몸으로 부딪쳤다.

꽈광!

조인족들도 본인들의 전투력이 약하다는 걸 알고 있기에 벌이는 육탄 돌격.

제국군의 최정예 병사들도, 조인족 2~3마리와 충돌하면 어김없이 회색으로 변해서 목숨을 잃었다. 물론 부딪친 조인족들 역시 그 순간 죽음을 맞이했다.

"보잘것없는… 아니, 어떻게 이럴 수가!"

콰과과과과광!

알카트라는 탑에서 믿기 어려운 광경을 목격하고는 사방을 둘러봤다.

폭격이라도 맞는 것처럼 사방에서 병사들이 죽어 나가고

있었다.

하벤 제국군 병사들은 개개인이 정예병이었다. 물론 훈련과 전투를 통해서 성장시킨 그들의 레벨도 낮지 않지만 착용하고 있는 장비도 고급이다.

생명력과 맷집을 높여 주는 갑옷과 방패, 지휘관들은 전체 병력의 능력치를 증가시켜 주기 위한 특수 장비들도 소유하고 있다.

그럼에도 병사들이 맥없이 죽고 있었다.

무시했던 조인족들의 낙하 공격에 성벽도 움푹 파이고, 탑의 벽에도 균열이 생겼다.

"이건 납득이 안 가는… 커억!"

학살을 생각하며 멍하니 보고 있던 헤르메스 길드 유저들도 조인족의 육탄 공세에 맞았다.

-치명적인 일격!
둔중한 일격을 당하셨습니다.
샤일록의 투구가 피해를 감소시킵니다.
생명력 4,280이 줄어들었습니다.

레벨이 400대 중반에 달하는 헤르메스 길드 유저들도 피해를 입었다.

위드나 북부의 고레벨 유저들, 혹은 정말 인해전술이 아니고서야 자신들이 위험하리라고는 꿈에도 생각지 않은 고레벨 유저들조차도 목숨의 위협을 받아야 했다.

조인족 30~40마리가 일제히 들이받으면 그들도 위험해지거나 심지어는 죽을 수도 있는 것이다.

"절대로 믿을 수 없어."

이해는 안 갔지만 각자 생존이 우선이었다.

헤르메스 길드 유저들은 위기를 느끼자마자 지키고 있던 성벽을 벗어나서 서둘러 탈출했다.

조인족들의 융단폭격에 잠시 머뭇거리는 사이에 목숨을 잃은 헤르메스 길드 유저들만 수백 명이나 되었다.

조인족들이 하늘에서 궤적을 그으며 쏜살처럼 날아와서 부딪치면 검으로 베어도 소용이 없었다.

"사격하라, 사격! 지상에 오기 전에 모두 떨어뜨려!"

궁수들도 화살을 쐈지만 큰 효과는 보지 못했다.

처음 한두 번 화살을 쏘아서 조인족들을 맞히더라도, 재장전을 하기도 전에 충돌이 이루어졌다.

전력을 다한 추락 비행!

이것은 알카트라나 궁수 지휘관들도 짐작하거나 대비할 수 없는 속도였던 것이다.

생명력이 낮은 마법사들도 느닷없는 공격에 대거 목숨을 잃고, 알카트라가 자랑하던 장궁병 부대의 진형 역시 무너졌다.

헤르메스 길드 유저들이 몸을 피하고 원거리 공격 부대들이 활약을 못 하게 되면서, 조인족으로 인한 피해는 더욱 커졌다.

최대의 방어력을 자랑하는 중장보병들도 목숨을 잃고 땅바닥에 쓰러졌다.

"이건 도대체가… 조인족이 저렇게나 셌나?"

진군하던 북부 유저들도 이해할 수 없는 상황이었다.

저 높은 하늘에서 지상으로 내려오는데 그 속도가 너무나도 빠르다.

푸홀 요새가 있는 곳까지 날아올 때는 그리 빠르다는 느낌이 없었는데 말이다.

게다가 이 위력은 절대로 조인족이 내기 불가능한 것.

조인족이 성장에 유리한 직업이라고는 해도 로열 로드에 등장한 지 오래되지 않아서 아직은 이럴 시기가 아니다.

"저놈들이 무언가를 가지고 있습니다."

헤르메스 길드 유저들은 날아오는 조인족의 가슴에서 커다란 바윗덩어리를 발견했다.

조인족들은 바위를 안고 지상을 향해 전력을 다해 비행하고 있었던 것이다.

목숨을 던지는 융단폭격!

공성용 대형 발석기의 위력에 비교할 정도는 아니지만 그 속도와 정확성은 오히려 훨씬 엄청났다.

목표를 정하면 그대로 보고 하늘에서 떨어져 내리는 것이다.

"저들이 어떻게 이럴 수가 있지?"

"아르펜 왕국에 대한 북부 유저들의 충성심이 보통이 아닌 것 같습니다."

조인족들도 이렇게까지 할 마음은 갖지 않았다.

전투가 벌어지면 조인족의 특성을 이용하여 실컷 괴롭히는 것이 애초의 목적.

멋진 전투를 경험하다가 목숨을 잃으면 그것으로 족했다.

하지만 서윤의 등장은 젊은 남성 조인족 유저들의 가슴에 큰불을 붙였다.

"여신님께서 슬퍼하는 모습을 보고 싶지 않다, 꼬꼬댁!"

"아, 그분께서 우리에게 미안해하고 있어. 아니, 어떻게 이럴 수가… 나는 도대체 얼마나 큰 죄를 지은 거지?"

서윤의 외모는 영혼까지 깊게 각인되었다.

그녀를 위해서라면 이 하찮은 목숨 따위 바치는 것이야 뭐 그리 어려운 일이겠는가.

"의미 없이 죽지 않겠다. 반드시 피해를 줄 거야. 내 목숨을 아끼지 않고 요새에 내려앉아서 최선을 다해 싸울 거야."

"나는 기꺼이 바위를 들겠어. 적을 향해 들이받으면 효과가 있겠지."

"훗, 고작 그 정도로 견적이 나오나? 나는 적들의 마법사를 정확하게 들이받는다."

"벌써 조인족으로 레벨 170. 망망대해에서 새로운 섬을 발견했을 때보다도 떨리는 기분이다. 이 설렘 앞에 죽음이 무슨 대수랴."

"헤르메스 길드! 우리 여신님을 괴롭히다니… 그토록 무거운 죄를 짓고 있는 줄 몰랐다. 지금부터는 전쟁이다. 끝까지 간다!"

그녀가 이렇게까진 바라지 않더라도, 조인족은 그냥 하기로 했다.

어떤 이유나 논리 따위는 없어도 좋다.

이 세상을 살면서 한 번쯤은 마음이 내키는 대로 해도 좋지 않겠는가.

"흠흠, 그 아가씨 참 예쁘지 않았습니까, 어르신?"

"평생에 처음 보는 얼굴이었지. 건강관리 잘하시게. 인생은 오래 살 만한 가치가 있어."

그리고 그 분위기를 타서 유부남 조인족들과 노인 조인족들도 폭격에 참여했다.

역시 사내들은 나이가 많건 적건 간에 철들기는 무리!

불타는 마음을 가진 조인족들이 푸홀 요새에 무차별 공격을 가했다.

물론 모든 조인족들이 육탄 공세에 나선 것은 아니고, 일부는 돌덩어리만 낙하시키고 옆으로 빠져나오기도 했다.

어쨌거나 그 광경은 북부 유저들 전체의 가슴에 불을 강하게 댕겼다.

"진격! 진격합시다."

"머뭇거리지 말고, 달려서 뛰어넘어요!"

"2배, 3배로 빨리 싸우죠."

북부 유저들의 투입 속도가 확 빨라졌다.

조인족 유저들의 투지와 사기가 북부 유저들의 전투력을 몇 배로 끌어올렸다.

이것은 계획으로도 꾸며 낼 수 없는 전장의 흐름!

알카트라 : 상황 보고하라.

펜슬 : 현재 파악 불가입니다. 지휘 체계가 확보되지 않습니다. 부관이 몇 명이나 살아남았는지도 모릅니다.

알카트라 : 우선은 병력을 보존해. 조금 참다 보면 다시 우리에게 기회가 온다. 조인족들이 언제까지고 부딪쳐 오진 못한다.

라커 : 북쪽에서 조인족 무리가 또 다가오고 있습니다. 2차 공습입니다.

푸홀 요새가 대대적인 공격을 받을 때, 탑에서 그 광경을 지켜보던 용기사 뮬의 안색도 좋지 못했다.

"이럴 줄 알았다면 그냥 출격을 할 걸 그랬군."

그리폰 부대가 하늘에서 싸웠다면 약한 조인족들은 파리처럼 나가떨어졌을 것이다.

공중전에는 기동력이 중요한데 바윗덩어리들을 안고 있는 조인족들은 이동이 느리고 저항도 못 했을 테니까.

목숨을 잃거나 전투 불능이 된 조인족들이 북부 유저들 사이로 떨어졌다면 역으로 대단한 전공을 세울 수 있었으리라.

그러나 지금은 이미 시기를 놓친 후라서 뮬은 그리폰 부대를 대기시키며 기다렸다.

"내가 참여한 전장의 공중 지배권을 잃어서 큰 피해를 입다니, 길드로부터 비난을 받을 수도 있겠다. 이렇게 된 이상 위드만큼은 반드시…….."

헤르메스 길드 유저들은 위드의 등장을 간절히 기다리고 있었다.

풀죽신교의 초보들을 아무리 해치워 봐야 고레벨 유저들의 입장에서는 번거롭기만 하다.

전쟁을 확실하게 끝내려면 위드를 잡아야 한다는 것을 알고 있기 때문에 요새에서 매복을 하고 기다렸다.

"놈이 나오기만 하면… 이번 전쟁의 영웅은 바로 내가 될 것이다."

2만 명의 헤르메스 길드 유저들 대부분이 그런 생각을 머릿속 한구석에 가지고 있었다.

그 무렵 위드는 깊은 땅속에 있었다.

"이제야 좀 살 것 같네."

파바바바바박!

맹렬하게 흙을 파헤치면서 전진했다.

물컹꿈틀이는 실패작!

지하 공간에서 장시간 땅을 파다 보니 네발로는 크게 부족하다는 걸 깨달았다.

"세상이 발전할수록 성능이 개선되기 마련이지. 마치 크기는 조금 늘리고 가격은 2배로 비싸게 파는 텔레비전처럼 말이야."

그리하여 다시 조각 변신술을 펼쳤다.

다리만 40개를 만들고 머리에는 송곳처럼 날카로운 기둥을 만들어 놓았다.

단순하게 흉하던 외모가, 드디어 눈 뜨고 마주 보기 어려울 수준으로 변했다.

물컹꿈틀이 앞에서라면 오크 카리취 정도는 귀엽다고 머리를 쓰다듬어 줄 정도.

그러면서 상당한 개량을 거친 물컹꿈틀이 조각품이 놀랍게도 명작이 되었다.

조각술 숙련도와 스텟 획득!

예술적 가치는 더 떨어져 7에 불과했지만 극단적인 시도가 성과를 낸 것이다.

조각품이란 그 외적인 아름다움 외에도 최적의 효율성을 갖춰야 한다는 이유로 명작에 등극할 수 있었다.

물컹꿈틀이 개량형으로 변신한 이후에는 지하에서 무서운 속도로 땅을 파며 이동했다.

"역시 지하 괴물은 이 정도는 되어야 효율적이란 말이지."

대충 푸홀 요새 부근에 왔을 때였다.

땅이 마구 울리는 진동이 지하까지 전해졌다.

"지상에서 대체 무슨 일이 벌어지는 건지 모르지만, 상관없지."

푸홀 요새에 있는 헤르메스 길드 유저들은 위드가 나타나기만을 기다리고 있을 것이다. 그들은 베르사 대륙 전체를 통틀어서도 강자들만 모였다고 할 수 있다.

"인생은 비겁하게 살면 될 테니까 말이야."

위드는 앞발을 움직여서 조각품을 꺼냈다.

이번 조각품은 독 안개의 늪.

말 그대로 독 안개가 피어오르는 늪을 만들어 버리는 대재앙의 자연 조각술을 위한 걸작 작품이다.

'사람이 많을수록 효과도 끝내주겠지. 대재앙이라고 다 나쁜 것만은 아니야. 종족만 잘 맞춰 주면 실컷 움직일 수 있으니까.'

재앙 속에서도 살아가는 생명력을 가진 동물들은 물론 있다.

독으로 된 늪이라면 물컹꿈틀이의 안방 침대처럼 편안한 장소.

제대로 화끈하게 사고를 치기 전에 마판에게 귓속말을 보냈다.

-마판 님, 지금 대화 가능하세요?

-예, 장사 중이긴 한데… 마지막 떨이만 처리하면 끝납니다.

-수익금은?

-오전 장사만 80만 골드가 넘었어요.

-잘됐군요. 저녁 장사는요?

-그땐 백만 골드가 목표입니다.

마판 상회에서도 이번 전쟁에 장사의 사활을 걸고 있었다.

워낙 많은 사람들이 모이다 보니 어떤 물건이든 잘 팔린다.

다만 다른 상인들처럼 물건값은 싸게 정했다.

유저들에게 마판 상회를 홍보하기 위해서라도 눈물을 머금고 역시 저렴하게 팔아야 했지만, 평소의 투자가 결실을 맺었다.

방대한 생산 기지를 확보하고 있어서 높은 마진을 남겨 먹을 수 있었던 것이다.

위드는 마판 상회가 북부 대륙을 기반으로 쑥쑥 커 나가더라도 조금의 시기도 없었다.

'주변 사람이 돈을 번다고 질투하면 안 되지. 사람이 속 좁게 그러면 못써.'

부자라면 생각을 달리해야 한다.

'숟가락을 올려 주는 거지.'

실제로 마판 상회에는 위드의 지분도 투자되었으며, 여러 협력 관계를 통해 같이 돈을 벌었다.

하지만 궁극적으로 위드는 마판을 믿진 않았다.

'언젠가는 먼저 뒤통수를 쳐야 돼.'

마판도 경계심을 늦추지 않았다.

'분명히 내 뒤통수를 칠 거야. 물론 내가 먼저 칠 수도 있지만.'

영원한 아군도, 적도 없는 비즈니스 세계!

설혹 적으로 갈라서더라도 위드는 언제든 마판과 기꺼이 맥주 한 잔은 기울일 수 있는 사이라고 생각했다.

서로가 서로를 잘 이해하고 있었으니까.

'마판 님이 맥주를 산다면 마셔는 주지.'

'그때는 돈도 잘 버는 위드 님이 사겠지. 양심이 있다면 말이야. 아… 그냥 나한테 사라고 하겠구나.'

함께 돈을 버는 동안에는 최적의 조합이었다.

―현재 요새 부근입니다. 상황은?

―지상 병력이 푸홀 요새를 넘진 못했습니다. 언데드들이 길을 가로막고 있어서요. 그래도 조인족들이 목숨을 아끼지 않고 피해를 주고 있습니다.

―어떤 식인데요?

-돌덩어리 끌어안고 그냥 떨어지는 겁니다. 제국군 병사들은 그냥 다 죽고 있어요. 이해가 안 갈 정도로……. 그걸 보고 북부 유저들도 격앙되어 덤벼드는 바람에 전투가 엄청나게 격렬합니다.

'그녀가 조인족을 끌어들였구나.'

서윤에게 설득을 해 달라고 요청할 때, 결과에 대해서는 추호도 의심하지 않았다.

위드만이 알고 있는 사실이지만 서윤은 기적 속에서 살아가고 있었다.

"집 사면서 부동산에 얼마 줬어?"

"돈을 내요?"

"중개 수수료 받잖아."

"정말요? 그건 예전 집주인에게만 받으면 된다고 안 줘도 된다고 했어요."

"……."

위드는 그때 깊은 한숨을 내쉬었다.

수수료는 사는 쪽이나 파는 쪽이나 양쪽 다 지불해야 한다. 비싼 부동산 중개 수수료 좀 깎아 달라고 이틀 밤낮을 다 뤘던 그 지난한 과정들이 떠올랐다.

"집은 별문제 없고?"

"네."

"새로 지은 집은 비가 샌다거나 불량이 꽤 있다던데."

서윤의 집은 넓기도 했지만 매우 고급스럽고 구석구석 잘 지어졌다. 그만큼 건축이 잘못된 부분도 많으리라고 생각했다.

"건축 사무소에서 직원들이 직접 점검해 줬어요. 아직까진 없는 것 같아요."

"지금은 멀쩡해도 조심해야 돼. 집이란 건 정말 구석구석 까다롭거든."

"그곳 소장님이 앞으로 15년간 하자 보수해 준다고 하던데요? 벽지나 장판도 원하면 계절별로 바꿔 준다고 했어요."

"……."

대충 지어 놓고 도망가는 업체들과는 차원이 다른 서비스.

서윤의 외모는 불가사의한 마력을 가지고 있다.

최소한 남자라면 누구도 그녀가 슬퍼하거나 싫어할 만한 일을 하고 싶지 않게 만든다.

장담할 수 없지만 서윤이 지하철 입구에서 헌혈을 좀 부탁하면, 남자들이 1킬로 정도는 일렬로 가지런히 서게 되리라.

그녀가 화장품 광고라도 찍는다면 적어도 아시아권에서만 매달 수억 개 이상씩 팔려 나갈 게 틀림없었다.

휴대폰이나 자동차, 하다못해 생수 광고라도 촬영한다면 완판은 확실하다.

역시 세상은 예쁘고 볼 일이었다.

'서윤을 닮은 딸만 낳으면 완벽하지.'

그러나 자칫 위드의 외모와 성격을 고스란히 닮으면 매우 위험한 일!

위드는 대재앙의 자연 조각술을 펼쳐도 상관없다는 것을 알고 난 이후 조금도 망설이지 않았다.

"대재앙의 자연 조각술!"

-대재앙의 자연 조각술 스킬을 사용하셨습니다.
예술 스텟 20이 영구적으로 사라집니다.
생명력과 마나가 20,000씩 소모됩니다.
모든 스텟이 사흘간 일시적으로 15% 감소합니다.
자연과의 친화력이 떨어집니다.
대재앙의 자연 조각술은 하루에 한 번밖에 사용하지 못합니다.
위험한 재앙을 불러오게 되면 그 피해에 따라서 명성이나 악명이 오를 수 있습니다.
재앙을 겪는 와중에 죽을 수도 있으니 주의하십시오.

이제 푸홀 요새의 입장에서는 엎친 데 덮친 격이었다.

진정한 영웅

조인족들의 융단폭격이 점차로 줄어들었다.

제국군과 헤르메스 길드 유저들이 엄폐물들 뒤로 숨어 버린 후였기 때문이다.

조인족들은 상당한 희생을 치렀지만 그 대신 공중을 완벽하게 장악했다.

"가자, 요새로!"

"오늘 저녁은 요새에서 삼겹살 파티입니다."

풀죽신교의 무리가 성벽을 향해 달려왔다.

높게 쌓인 뼈 무더기 속에 몸을 숨기고 있던 그로비듄은 언데드들을 지휘했다.

"막아라, 나의 종들아."

스켈레톤, 구울이 곳곳에서 일어나서 북부 유저들을 공격했다.

"꺼져, 이 뼈다귀야!"

"그냥 밀어붙여요!"

장궁병들의 도움도 없고 마법사들도 목숨을 많이 잃은 만큼, 북부 유저들은 언데드들을 그대로 힘으로 밀고 들어왔다.

언데드들의 공격력으로는 북부 유저들을 이기더라도 **빨리** 해치울 수가 없었던 것.

조인족들의 희생으로 만들어 낸 기회를 놓치지 않기 위해서 모두 혼신의 노력을 다했다.

사제들도 전사들의 등에 업혀 움직이며 신성 마법으로 언데드를 소멸시키기까지 했다.

그로비듄은 미소를 지었다.

"어리석군. 네크로맨서가 전장에 있으니 너희는 평생 유리해질 수 없다."

네크로맨서는 상황을 보는 눈이 일반인들과는 다르다.

조인족들의 희생을 통해 제국군 병사가 큰 피해를 입었고, 헤르메스 길드 유저들도 제법 죽었다.

병력 손실이 있었지만 그렇다고 전장이 불리해진 건 전혀 아니다.

왜냐하면 고급 시체들이 생겨났기 때문이다.

"일어나라. 눈 감지 못한, 잠들지 않은 원혼들이여. 여기

살아 있는, 그리고 너희를 죽인 자들에게 복수하라! 데드 라이즈."

다시금 언데드 소환 마법이 사용되었다.

푸홀 요새의 성벽에서부터 일어나는 언데드들은 데스 나이트급 이상으로, 둠 나이트, 스펙터가 다수 출몰했다.

"모두 죽여라."

"크핫하!"

언데드들이 몰려가면서 북부 유저들을 학살했다.

피와 영혼의 구속!

그로비듄이 소모한 마나는 언데드들이 살육에 성공함으로써 금방 보충되었다.

"죽음마저도 거부한 강인한 전사들이여, 이곳에 너희가 원하는 전장이 펼쳐졌다. 맺어진 계약에 의해 나의 부름에 응하여 나타나라. 애니메이트 데드!"

4단계 언데드 소환 마법이 펼쳐졌다.

강한 전사들의 영혼을 언데드에 부여하는 것인데, 좋은 시체만 있다면 생전의 능력을 발휘할 수도 있다.

100구가 넘는 시체들이 슬금슬금 일어났다.

그들이 뿜어내는 강렬하고 시커먼 광채는 그로비듄이 부여한 것이 아니었다. 타고난 언데드 전사들이 그 힘의 여력을 발산하는 것이다.

그로비듄은 언데드 군단을 이끌고 혼자서도 던전 사냥을

자주 했다.

이런 언데드 전사들을 데리고 다닌다면 보스급 몬스터라고 해도 능히 제압할 수 있었다.

"모두 가라. 적들은 널려 있다."

언데드 전사들이 그로비듄을 향해 가볍게 고개를 숙이더니 전장으로 나아갔다.

커다란 칼을 들고 부서진 갑옷을 입고 있는 언데드들은 유령마를 소환하여 타고 북부 유저들을 꿰뚫었다.

그로비듄은 자신의 주변에 500기가 넘는 해골 궁수까지 소환하여 하늘로 화살을 쏘도록 했다.

그를 향한 조인족들의 육탄 공세가 껄끄러웠으니 견제하기 위함이었다.

물론 도저히 막지 못한다면 든든한 뼈의 장벽을 쳐 놓고 숨어도 된다.

네크로맨서는 직접 싸울 필요 없이 언데드를 소환하는 것만으로도 제 몫을 다하는 것이므로.

드르르르르르!

그때 갑자기 푸홀 요새는 물론이고 지역 전체가 미미하게 떨렸다.

'지진인가? 그렇게 보기에는 약한데……'

'위드?'

대재앙을 일으키는 위드에 대해 알고 있었으므로 알카트

라는 다시금 전 병력에 비상을 걸었다.

　알카트라 : 전 병력, 재앙에 대비한다. 정보부에서 확인한 바로
는 단 한차례만 견디면 된다.

　준비된 대처 방법에 따라 마법사들은 보호 마법을 펼치고,
제국군과 헤르메스 병력은 엄폐물 뒤로 확실히 숨었다. 사제
들은 요새 내부의 공간에 마련된 안전 지역으로 들어가기까
지 했다.

　지역 전체를 뒤흔들던 진동은 이내 깨끗하게 사라졌다.

　"별건 아니었군."

　"누가 큰 마법이라도 쓴 건가……."

　조금 마음을 놓으려고 할 무렵 땅이 허물어지기 시작했다.

　"어엇, 발이 빠진다!"

　단단하던 암반이 흐물흐물해지더니 고운 진흙처럼 변하여
몸을 끌어당겼다.

　늪처럼 변해 버린 땅.

　요새 내부의 건물들이 무너지고 성벽도 옆으로 허물어졌
다.

　"으아악!"

　요새에 있던 병사들과 유저들은 땅에서 벗어나기 위해 안
간힘을 다했다.

발목이 땅에 잠기고 나면 순식간에 무릎과 허리까지 깊게 빠져든다. 그 상황에서 잠깐 머뭇거리다 보면 머리까지 땅속으로 들어가 버리고 말았다.

"사, 살려 줘!"

헤르메스 길드 유저들도 이 순간에만은 벗어나야 한다는 생각 외에는 떠오르는 게 없었다.

본능적인 공포심!

레벨이 높으니 살아남을 수 있을지는 몰라도, 인간인 이상 땅속으로 빨려 들어가는 것에는 무한한 두려움이 있다.

그리고 피어나는 짙은 독 안개.

─중독! 중독! 중독되셨습니다.
　생명력이 줄어듭니다.
　체력이 저하됩니다.
　스킬과 마법의 실패 확률이 76%가 되었습니다.

"독이라니… 위드가 독으로 된 늪을 재앙으로 일으켰다!"

지형을 통째로 바꿔 놓는 대재앙이라니, 기겁하지 않을 수가 없었다.

마법사들과 사제들은 자신을 비롯하여 가까이 있는 이들에게 해독 마법을 걸어 주었다.

하지만 요새에 모여 있는 수많은 제국군 병사들을 전부 해독하기는 무리.

"크어어억!"

독 안개를 들이마신 제국군 병사들은 고통에 괴로워했다. 죽지 않더라도 전투력이 상당히 줄어들게 될 것은 틀림없었다.

두려움이 든 헤르메스 길드 유저들도 일부는 급하게 사제나 해독제를 찾으러 돌아다녔다.

그리고 땅이 다시 울렸다.

그르르르릉!

무언가 다가오는 듯이 진동이 심해지더니 자욱한 독 안개를 헤치고 땅을 가르며 솟구친 1마리의 흉악한 지하 괴물!

"으아아아악!"

푸홀 요새의 중심부에서 솟구친 그것은 가까이 있던 마법사를 다섯이나 먹어 치웠다.

"이게 뭐야."

"엄청난 크기잖아. 초대형 몬스터?"

눈 깜짝할 사이에 땅속으로 사라진 그것은 잠시 후 부근에서 또 튀어나와서 마법사들만 먹어 치웠다.

"뭐, 뭐야."

독 안개 때문에 시야가 제대로 확보되지 않는다.

커다란 소리가 나더라도 가까이에서도 제대로 알아보기가 힘들었다.

"캬캬캬캬캬캇!"

위드도 지상으로 한번 뛰어오르고 나서 그 사실을 알아차렸다.

독 안개의 늪은 병사들에게 집단중독 증상을 일으키기는 해도 병력 전체를 몰살시킬 만한 위력은 갖지 못했다.

그럼에도 질척거리면서 몸이 빨려 드는 늪, 갑작스러운 중독 상태는 푸홀 요새의 병사들과 유저들을 공포에 잠기게 했다.

"이건 거저먹기로군."

땅속으로 다시 파고들지 않고 주변에 숨어 있는 적들을 닥치는 대로 해치웠다.

40개의 다리를 동시에 움직여 전진하면서 뿔로 들이받고, 꼬리를 휘둘러서 건물과 함께 부쉈다.

늪에서도 땅속에 빠지지 않고 활동하는 대형 지네의 활약.

조각 파괴술로 힘까지 잔뜩 높여 놓은 상태였기 때문에 제국군 병사들은 한 방에 목숨을 잃었고, 헤르메스 길드 유저들도 몇 초 버티지 못했다.

비슷한 전투력을 가졌더라도 잘 싸우는 쪽이 승리할 가능성이 높다.

위드에게는 전투에 돌입하기 전부터 공간을 가득 채우는 크기와 살벌한 외모가 심리적인 장점이었다.

"위, 위드? 놈이 나타났다. 도와줘!"

위드는 강하다.

거의 바드레이와 단독으로 싸우거나, 과정이야 어쨌든 용기사 뮬을 제압했을 정도.

흩어져 있던 헤르메스 길드 유저들은 2~3명으로 싸워 봐야 죽는다는 생각에 아군을 부르며 도망을 선택했다.

괴수 영화에서 흔히 보이는, 살기 위해 몸부림치는 도망자들!

그러나 무릎까지 빠지는 늪에서 첨벙거리면서 도주를 해 봤자 속도는 나지 않는다.

위드는 무려 40개나 되는 다리와 얇은 피막 같은 날개를 펼치면서 날듯이 뛰어가서 헤르메스 길드 유저를 밟고 지나갔다.

콰과과과곽!

마지막은 꼬리로 후려쳐서 헤르메스 길드 유저들을 한꺼번에 가뿐히 제압했다.

-레벨이 올랐습니다.

-전투 공적으로 명성이 491만큼 증가했습니다.

-루나스의 팔찌를 습득하셨습니다.

-나크란의 머리 장식을 얻었습니다.

푸짐한 아이템들!

"저쪽에 괴물이 있다. 당황하지 말고 공격 진형을… 크악!"

끈적거리는 늪과 독 연기!

위드도 눈이 잘 보이지 않는 건 마찬가지였기에 소리가 들리는 곳을 공격했다.

어둠 속에서도 더듬이를 이용하여 살아 있는 생명체를 감지하여 냉큼 잡아먹었다.

기사들은 혓바닥에도 끌려 들어오지 않고 벽이나 기둥을 잡고 버티는 경우가 있어서 가급적이면 마법사나 사제 위주로 골라먹었다.

전사를 먹으면 생명력이 회복되고, 마법사나 사제는 마나를 회복시켜 주었다.

끔찍한 전투 방식을 선보이는 조각 생명체 물컹꿈틀이!

가끔씩 소화불량으로 속이 답답해지면 그대로 뒤쪽으로 분출했다.

뿌우우우웅!

대형 독지네 물컹꿈틀이가 뿜어내는 강력한 독가스.

"코가 썩는다!"

"가, 갑옷이 녹아내리고 있어요."

돌덩어리까지도 녹이는 가히 최강의 스킬.

늪에서 대형 지네의 활약은 최고조가 된다.

대재앙의 자연 조각술을 통해서 지형을 바꿔 놓는 방식은 조각 변신술의 효과를 최대로 만들었다.

그사이에 하늘을 날고 있던 조인족들이 헤르메스 길드 유저들을 학살하고 다니는 위드를 발견했다.

"위드 님이 참여하셨다, 꼬꼬댁!"

"정말? 노래도 안 불렀는데……."

"밑에 보인다, 까울!"

조인족들의 시야에는 푸홀 요새의 참상이 고스란히 드러났다.

갑자기 땅이 늪으로 변하면서 건물들이 기울어지고 성벽 몇 곳이 허물어졌다. 제국군이 모여 있던 요새에는 시커먼 독 안개가 자욱하게 피어올랐다.

그리고 독 안개 속에서 활동하는 대형 지네의 몸 일부가 그들의 눈에 보였다.

"저, 저게 정말 위드 님?"

"돕자. 도와주자."

"나도 마음은 그렇지만 왠지 가까이 가고 싶진 않아."

하벤 제국 측이 보이기만 하면 자살 공격을 하려던 조인족들이었다.

그들이 기꺼이 죽으려고 하는데 풀죽 공수부대의 요청이 들어왔다.

"우리를 요새에 떨어뜨려 주세요. 위드 님과 같이 싸우고 싶습니다."

"저곳은 독 때문에 정상적인 전투가 불가능합니다. 제국군 병사들도 녹아내리고 있어요."

"상관없습니다. 풀죽 공수부대는 전쟁에서 이기기 위해 조직되었고, 위드 님과 아르펜 왕국 그리고 자유를 위하여 목숨을 바칠 각오가 되어 있습니다. 조인족 여러분의 분투를 보았는데 우리가 몸을 사리고 있을 수만은 없지 않겠습니까."

"정 그러시다면 모셔다 드리죠. 부디 살아남기를."

조인족들은 수만 마리씩 군무를 일으키며 풀죽 공수부대를 푸홀 요새의 주요 거점마다 떨어뜨렸다.

무게를 줄여 주는 깃털을 사용하여 하늘에서 나풀거리며 하강하는 공수부대 유저들.

그들은 전쟁을 위해 직업을 막론하고 기본적으로 궁술을 익혔다.

푸슈슈슉!

지상으로 떨어지는 동안 푸홀 요새를 향해 마구 화살을

쐈다.

독 안개 사이에서 잠깐씩 아래쪽의 광경이 보일 때가 있었다.

늪에 빠져 허우적거리고 있거나 아직도 성벽 위에 남아 있는 제국군 병사들을 향해 이루어지는 무차별 화살 공격!

"하늘이다."

그들을 발견한 헤르메스 길드에서 하늘로 마법을 쏘아 올리면 수십 명씩 휘말려서 목숨을 잃었다.

대신 풀죽 공수부대의 화살 공격도 그 지역으로 향했다.

땅에 내려선 풀죽 공수부대 요원들은 그때부턴 흩어져서 활동했다.

"모두 최대의 전적을."

"아르펜 왕국을 위하여!"

직업도 다르고 레벨도 다르다.

하지만 용기와 충성심을 가지고 모인 풀죽신교 최정예 공수부대 요원들.

그들이 제국군 사이로 다가갔다.

"어… 어서 날 꺼내 주게!"

그리고 늪에서 발견한 제국군들을 향해 거침없이 검을 휘둘렀다.

"커억! 왜 나를……."

마법사들과 사제들에게도 다가가서 도끼를 던지거나 검으

로 찔렀다.

"배, 배신?"

풀죽 공수부대 요원들은 하벤 제국군의 일반적인 복장을 입고 있었다.

일부 지휘관 유저들은 헤르메스 길드 유저들이 많이 착용하는 대표적인 복장과 아이템을 착용했다.

헤르메스 길드에서는 최적의 전투 효율을 위해 특정 레벨마다 추천하는 검이나 갑옷이 있었다.

그것을 동일하게 구한 것도 몇 개 있었지만, 공수부대에 넉넉하게 나눠 주기란 불가능했다.

재봉사 마스터를 꿈꾸다가 120미터 뜨개질 양탄자에서 좌절한 드라고어와 그의 제자들이 공수부대의 의복을 제작해 주었다.

"짝퉁을 만들어 달라는 말씀이시죠?"

"예. 재봉사님에게 무척이나 죄송한 부탁인 것은 알고 있습니다만, 염치 불고하고 부탁드립니다."

"홋, 별거 아니네요. 그대로 만들어 드릴게요. 그리고 특별히 좋은 단추로 달아 드리겠습니다."

의복의 생명은 단추!

수만 명의 공수부대 요원들은 제국군이나 헤르메스 길드 유저들의 복장을 하고 요새로 뛰어내렸다.

애초에 전쟁이 차분하게 벌어졌다면 공수부대 요원들 중

에서 8할 이상이 땅을 밟지도 못한 채 공중에서 목숨을 잃었어야 했다.

조인족의 공격에 생명력이 낮은 마법사와 궁수가 숨어 버리고 대재앙이 벌어지고 난 이후라서 공수부대를 일찍 격파하지 못했다.

독 안개로 인해 지금은 요새 내에 극심한 혼란까지 벌어진 상태이다 보니 공수부대 요원들은 더욱 구분이 안 되어서 대활약을 할 수 있었다.

"동쪽 성벽에 세 곳 확보 완료."

"무기창 장악. 즉시 건물을 무너뜨려서 파괴하겠음."

"저희는 병사들 숙소에 화재를 일으키러 갑니다."

만만한 제국군 병사들이야 눈에 보이는 족족 없앨 수 있었으며, 가끔씩 생명력이 많이 떨어진 헤르메스 길드 유저들도 합공을 통해서 처치했다.

어떤 지역에서는 심지어 공수부대가 더 많이 모여서 다른 지역을 집단으로 공격 가기도 했다.

그들을 구분할 수 있는 것은 오직 옷깃의 단추 하나뿐이었다.

"비, 빌어먹을!"

알카트라는 지금까지 쥐고 있던 풀죽신교의 작전 계획서를 땅에 집어 던졌다.

"내가 속은 것인가. 도대체 그대로 진행되는 게 하나도 없지 않은가."

제국군 병사들이 중독되어서 약해지거나 죽어 갔다.

이들을 치유해 줄 능력이 있는 병력은 안전한 장소에서 꼼짝달싹도 하지 못한다.

대재앙이 일어나고 위드도 활약을 한다는 소식이 전해졌다.

그렇지만 지금은 총사령관으로서도 두 손을 놓고 있을 뿐, 대처할 수 있는 방법이란 없다.

겉보기에는 아군 병력에 의해서 같은 편이 죽어 가고 있는 상황이었기 때문에 명령이 아래까지 내려가지 않았다.

특히 이곳에 모인 헤르메스 길드 유저들은 자기 목숨부터 챙기려 하다 보니 제국군이 다가오면 의심부터 하고 먼저 공격까지 하는 실정이었다.

풀죽 공수부대의 정예 요원들은 공격을 당하면 억울한 척 그냥 맞기만 하다가 방심을 하면 뒤에서 독 단검으로 찔렀다.

든든했던 그로비듄과 뮬도 쓸모가 없었다.

리치화가 진행되는 그로비듄, 그는 요새 밖에서 풀죽신교의 유저들을 막는 역할을 맡았다.

계속 언데드를 일으키다 보니 부작용도 생겼다.

지휘에서 벗어난 일부 언데드들이 제국군이나 헤르메스 길드 유저들에게도 공격을 가한 것이다.

"그로비듄, 그 정신 나간 작자는 도대체 뭘 하고 있단 말인가?"

그로비듄이 이를 서둘러 다스려야 했지만 그는 한계에 가까울 정도로 많은 언데드들을 일으켜서 더는 통제할 능력이 없었다.

시체가 도처에 쌓여 있다 보니 욕망을 참지 못하고 고급 언데드들을 소환한 탓에 그것들의 일부가 아군을 공격한다는 보고가 들어왔지만 속수무책이었다.

실은 늪 속에서 데스 나이트 반 호크도 소환되었다.

암흑 군대의 총사령관 반 호크.

그는 시체에서 막 일어난 언데드 중 일부의 지배권을 빼앗아서 부하로 삼았다.

네크로맨서가 이를 알았다면 제지할 수 있었을 테지만 그로비듄의 관심은 온통 한꺼번에 몰려오는 적들에게 쏠려 있었다.

네크로맨서는 대단위 병력을 다스려야 했기에 요새 내의 시야가 제한된 이상 소소한 부분까지는 관심을 갖지 못했다.

뱀파이어 로드 토리도 역시 소환되어서 구석에서 신나게 피를 빨아 먹고 있었는데, 이는 전장 전체에는 큰 영향을 미치지 못하는 정도였다.

뮬은 그로비듄보다도 더 한심스러웠다.

그로비듄은 그래도 일부 전력상 피해는 주지만 제 몫은 다 했다.

그런데 뮬은 처음에 거드름을 피우면서 조인족을 격퇴하지 않은 이후로 출격할 기회조차 잡지 못했다.

그의 막강한 그리폰 부대는 아무것도 하지 못한 채 탑 안에 숨어 있거나 지상에서 도망 다니고 있었다.

그리폰 1마리 1마리가 귀한 고급 전력이기 때문에 그들을 보호하기 위해서도 많은 병력이 차출되었다.

뒤뚱거리면서 안전 지역을 찾아서 도망 다니는 그리폰 부대는 꼴불견 그 자체였다.

창공을 꿰뚫는 그리폰 기사단.

지상을 조롱하는 하늘의 지배자.

그들이 하늘에 뜨기만 했더라도 묵직한 돌을 품에 안고 있는 조인족들은 공중전에서 상대가 되지 않았을 것이다.

빠른 속도와 돌파력으로 그리폰 1마리가 최소 100마리 이상의 조인족들을 간단히 상대했을 것이 분명하다. 지상에서의 싸움과는 다르게 날개에만 스치듯이 상처를 입어도 그냥 추락하고 말았을 테니까.

그들이 일찍부터 하늘만 장악했더라도 조인족들은 꼼짝을 못했을 것이고, 하벤 제국군은 절대적인 유리함을 가지고 있었을 것이다.

켈룩!

그 용맹을 떨치던 그리폰들은 독 안개를 마시고 괴로워했다.

그리폰 부대가 지금 하늘로 날아오르기는 무리였다.

이미 높은 위치를 차지한 조인족들이 자살 공격을 해 오면 모습을 드러낸 채로 솟구치던 그리폰들은 속수무책일 것이기 때문이다.

비행 생명체인 만큼 레벨과 생명력, 모든 면에서 훨씬 뛰어나지만 공격을 당하면 취약하다.

알카트라는 깊이 탄식했다.

"차라리 아무것도 믿지 말 것을. 작전 계획이고 뭐고 그냥 정공법으로 막고 버티기만 하면 됐는데. 불리하다고 생각하면 더 잘 막을 수 있었을 텐데 우리가 유리하다고 방심하고 말았다."

풀죽신교의 지상군이 언데드를 넘어서 달려오고 있었다.

"조인족들이 희생하고 공수부대가 싸우고 있습니다. 위드 님도 내부에서 분투를 펼치고 있다는데… 무엇을 망설입니까, 여러분!"

유저들은 독 안개 속으로 망설임 없이 뛰어들었다.

대재앙에 피해를 입는 것은 북부 유저들도 마찬가지였으나 그들은 조금도 두려워하지 않았다.

그에 비해 제국군 병사들은 늪 때문에 이동이 안 되고, 어둠도 깊게 내렸다.

요새로 접근하는 적을 그대로 놔둘 수밖에 없었고, 심지어는 공수부대 유저들과 조인족들이 성문까지 도착했다.

"여깁니다. 여기를 제압합시다!"

성문 부근에는 헤르메스 길드에서도 고레벨 유저들이 자리 잡았고, 기사단과 중장갑 보병들도 배치되어 있었다. 공수부대 유저들은 시체를 쌓아 가며 침투한 끝에 억지로 성문의 잠금장치를 열었다.

"막아!"

헤르메스 길드 유저들이 그 직후에 다시 성문을 걸어 잠그려고 했지만 조인족들이 이를 보고 몸으로 부딪쳤다.

수백 마리의 조인족들이 한꺼번에 충격을 가하니 거대한 성문은 활짝 열리고 말았다.

"갑시다."

"풀죽, 풀죽, 풀죽!"

풀죽신교의 유저들은 미친 듯이 달려왔다.

때로는 독 안개를 마시고 그대로 회색빛으로 변해서 사라졌지만, 망설이지 않았다.

"보이는 모든 이들을 공격하세요!"

"이들 중에는 공수부대 요원들도 있습니다."

"상관없어요. 그들도 자신들을 구분하기 위해 머뭇거리지 말고 공격해 달라고 했어요!"

독 안개 속으로 풀죽신교의 무리가 가득 들어와서 요새 내부로 흩어졌다.

허리까지 늪에 빠져든 제국군 병사들을 손쉽게 제압하고 성벽과 요새의 거점들을 향하여 내달렸다.

하늘에서의 조인족들의 공격도 재개되었다.

헤르메스 길드 유저들을 향한 공중 투창과 화살 공격!

조인족들 중에서 가장 많은 숫자를 차지하는 오리류 종족들은 공수부대를 요새의 방어탑까지 직접 데리고 왔다.

방어탑을 점거하고 나면 풀죽 궁수대가 거점을 장악한 채로 제국군을 향해 화살을 쐈다.

풀죽신교의 파상 공세가 벌어지면서 푸홀 요새에서는 난전이 벌어지게 되었다.

온통 하늘을 날아다니는 조인족과 성문과 성벽을 넘어오는 풀죽신교의 유저들로 인하여 정신을 차리지 못했다.

"막아라! 모두 죽이고 성문을 수복한다!"

지휘관들의 외침도 소란에 의하여 금방 묻혀 버렸다.

"풀죽, 풀죽, 풀죽!"

검을 한번 맞대면 바로 죽어 버릴 정도로 약한 자들이지만 계단과 복도, 온 사방에서 북부의 유저들이 달려왔다.

푸홀 요새는 이미 걷잡을 수 없는 혼란으로 빠져든 이후였다.

꽈르릉!

위드는 요새 내에 가득 찬 제국군 병사들 사이에서 거칠게 몸을 뒤틀었다. 건물 기둥처럼 굵은 꼬리가 그대로 제국군 병사들을 강타했다.

그 여파로 수십 명의 병사들이 사망한 것은 물론이고, 막사로 지어진 건물들도 허무하게 무너졌다.

매캐한 연기와 질퍽질퍽한 늪 속에서 40개의 다리와 점막처럼 얇은 날개는 빠른 기동성을 안겨 주었다.

푸홀 요새의 내부를 헤엄치듯이 다니면서 제국군이 보이면 닥치는 대로 공격했다.

"놈을 죽여라!"

헤르메스 길드의 유저, 하벤 제국군의 기사들은 엄폐물에 숨어 있다가 몸을 일으켰다.

위드의 눈에 언뜻 보이는 정도만 100여 명!

헤르메스 길드는 전부가 고레벨 유저들이니 그들이 10명 이상만 모여서 제대로 공격을 퍼붓는다면 금방 위험에 빠지고 만다.

그러나 위드는 흉측한 이빨을 드러내며 싱긋 웃었다.

'효과가 미약해지긴 했지만 대재앙이 아직 남아 있다. 그리고 내 몸 상태는 최고이니 상황이 불리해지더라도 도망은

칠 수 있지. 특히 생명력이 높은 게 지금의 몸이 가진 최고의 장점이니까.'

위드는 투지를 북돋기 위하여 크게 포효했다.

"크콰아아아아아!"

그러자 헤르메스 길드 유저들 중에서 여성 유저들이 단체로 비명을 질렀다.

"꺄아아악!"

"꺅꺅!"

마치 정신 공격이라도 당한 것 같은 분위기!

헤르메스 길드 남성 유저들조차도 순간 위드와 시선을 마주치지 못했다.

"너무 모, 못생겼어."

"혐오……."

물컹꿈틀이의 외모는 정면에서 눈 뜨고 보기가 힘들 정도였다.

어쨌든 긴장감이 풀리는 순간은 곧 기회.

위드의 40개나 되는 다리가 땅을 박차며 전진했다.

"놈이 움직인다. 공격!"

헤르메스의 기사들이 엄폐물에서 뛰어내리며 칼을 휘두르고, 높은 곳을 차지한 궁수들은 화살을 쐈다.

위드의 커다란 몸통을 상대로 마치 보스급 몬스터를 사냥하듯이 잡으려고 하는 것이었다.

늪지의 안개를 헤치며 꿈틀거리면서 다가오는 몸은 흡사 기차처럼 보일 정도였다. 커다란 몸은 활동하는 데 많은 체력과 힘을 필요로 하며 공격당할 구석도 크다.

약점이 노출되어 있었던 만큼 헤르메스 길드의 유저들은 자신 있게 스킬을 사용했다.

"난도질의 검!"

"화염 강림!"

"영혼 탈취!"

"억센 굴레의 도끼질!"

다양한 공격 스킬을 시전하는 유저들.

그들의 무기가 환하게 빛나며 위드를 공격하려고 접근했다.

"후우아아아!"

위드는 그들을 향해 입을 크게 벌렸다.

순간 가슴이 철렁 내려앉으며 몸이 얼어붙는 유저들!

그들이 떠올린 것은 독을 가득 뿜어내는 것이었다.

'브, 브레스다!'

초대형 몬스터, 혹은 드래곤의 전매특허와 같은 기술!

상대가 전쟁의 신 위드라면 얼마나 엄청난 브레스 공격이 튀어나올 것인가.

100여 명이나 모였기에 자신 있게 덤벼든 것인데 등줄기에 식은땀이 흐를 정도로 긴장했다.

그러나 별다른 일은 벌어지지 않았다.

"끄어억!"

위드의 입에서 나온 것은 엉뚱한 트림!

인간들을 워낙 많이 잡아먹다 보니 중요한 순간에 트림이 나오고 만 것이다.

"뭐, 뭣이지?"

"독이다. 독일 거야. 독을 조심……."

자신 있게 덤벼들던 유저들은 지레 겁을 먹고 주춤거렸지만 어떤 피해도 없었다.

위드는 민망함에 더 빨리 움직였다. 헤르메스 길드의 유저들, 그리고 제국의 기사들을 향해 몸을 내던졌다.

"크어엑!"

스킬도 아니고, 단순히 힘과 몸무게로 들이받으면서 돌파했다.

"어서 제압해!"

유저들도 정신을 차리고 공격했다.

위드의 거대한 몸을 각종 스킬들이 그대로 강타!

—절단의 칼날이 옆구리를 강하게 베었습니다.
 생명력 12,930 감소.

—여든여섯 발의 화살이 몸에 박혔습니다.

총 피해 생명력 48,102.
화살을 제거하고 치료하기 전까지 지속적으로 피해를 입을 것입니다.

–회전하는 도끼질에 연속으로 여덟 번의 공격을 적중당했습니다.
치명적인 공격!
생명력이 48,239만큼 감소하였습니다.
특정 부위의 방어력이 일시적으로 줄어들었습니다.

물컹꿈틀이의 최대 장점으로, 공격하는 쪽에서는 끝을 알 수 없을 만큼 든든한 생명력.

상대가 헤르메스 길드 유저들이라도 포위당해서 계속 공격당하지 않는 한 죽을 염려 따위는 없다.

위드는 적이 활동할 수 있는 공간을 몸으로 막고 발을 20개나 동원하여 붙잡아서 마구 먹어 치웠다.

"냠냠냠, 와구와구와구!"

편식을 모르는 착한 아이처럼, 가리지 않고 먹어 치우는 물컹꿈틀이의 최종 공격.

그러나 명색이 헤르메스 길드 유저이기 때문에 한 번 먹히는 정도로는 죽지 않고 버텼다.

–인간 칼로제를 먹었습니다!
칼로제를 씹고 있습니다.
딱딱한 어금니가 칼로제에게 29,384의 피해를 주었습니다.

강한 산성의 침이 상대를 녹이는 데 실패했습니다.
상대가 착용하고 있는 장비의 내구도를 29%만큼 낮춥니다.
생명력을 9,283만큼 감소시켰습니다.

칼로제를 삼켰습니다.
소화기관에서 독한 위산이 분비되었지만 적을 분해하는 데 실패했습니다.
생명력을 54,299 낮췄습니다.

강한 적을 먹음으로써 일시적으로 생명력의 최대치가 997만큼 증가합니다.
생명력이 3.5% 회복됩니다.
허기가 사라졌습니다.

위드에게 먹힌 상대는 끔찍한 경험을 당해야 했다.

이빨에 씹히고 침으로 엉망진창이 된 후에는 삼켜져서 구불구불한 위장을 따라서 이동했다. 그리고 마침내 엉덩이 사이로 배출.

구역질이 날 정도로 이상한 냄새가 나는 끈끈한 액체와 같이 빠져나왔다.

"으어……."

칼로제라는 유저와 5명의 동료는 어지러움에 몸을 가누지 못하였다.

"우리가 산 거야, 죽은 거야?"

"전투를 계속해야 하니 어서 일어나야 해. 근데 몸이 말을 안 듣는……."

궁수 유저들도 깜짝 놀랐다.

"이런 지독한 스킬이라니!"

물컹꿈틀이의 먹기에 동료가 당하는 모습은 가히 살이 떨려 올 정도로 무서웠다.

위드가 먹어 치운 사람들이 이상한 모습으로 배출되는 것까지 보니 절대 다가가고 싶지 않았다.

하지만 여기까지는 약과였다. 더 끔찍한 일이 있었다.

"살아 있었네? 역시 음식물은 꼭꼭 씹어 먹어야 하는데."

위드가 몸을 한 바퀴 뒤로 꺾더니 엉덩이로 배출된 그들을 다시 집어삼킨 것이다.

"끄아악!"

긴 혓바닥에 휘감겨서 속절없이 다시 먹히는 유저들.

"으아아아아악!"

그리고 이번에는 다시 나오지 못했다.

"……."

동료들에게 복수심조차 떠오르지 않을 정도로 극악한 전투 방법!

위드는 단지 물컹꿈틀이의 성향대로 싸우고 있을 뿐이었지만 적들에게는 악마 같은 느낌을 듬뿍 선사해 주었다.

어설픈 악당이 아니라, 진정한 최종 보스.

잔혹하고 비열한 방식으로 살아가는 흉악한 생명체.

40개의 다리를 동시에 움직이다 보니 끊임없이 꿈틀거리는 흉악한 큰 몸. 그 큰 주둥이로는 끝없이 인간을 잡아먹는다.

다른 배경 없이 현재의 모습 그대로만 놓고 보자면 헤르메스 길드 유저들이 오히려 악을 척결하는 영웅들처럼 느껴질 지경이었다.

"어, 어쨌든 놈은 혼자다! 우리는 다수이니 쳐라!"

"위드를 없애자!"

헤르메스 길드 유저들이 다시금 용기를 갖고 덤벼들기 시작했다.

위드는 거대한 몸을 세우고 10개의 다리를 휘두르며 싸웠다. 나머지 30개의 다리로는 앞으로 움직이거나 뒤로 움직이고, 옆으로도 회피를 했다.

공격 기술이 없었기 때문에 어쩔 수 없는 상황.

긴 몸은 쉽게 표적이 되기도 하지만 반대로 위험한 무기가 되기도 한다.

고무줄 같은 탄력으로 꿈틀거리며 유저들을 쓰러뜨렸다.

무너진 건물이나 성벽의 측면을 이용하여 적을 공격하는 방법까지 사용했다.

하지만 곧 주요 거점들을 장악한 헤르메스 길드의 레인저와 궁수, 마법사의 원거리 공격이 위드의 몸에 작렬했다.

화염이 치솟고, 몸은 화살에 의해 꿰뚫렸다.

"크오오오."

위드의 생명력이 빠르게 오분의 일이나 감소했다.

원래 상태였다면 열 번도 넘게 목숨이 날아갔을 정도의 부상을 입은 것이다.

물론 물컹꿈틀이의 몸으로는 버틸 만했지만, 굳이 위험을 감수할 필요는 없다는 판단이 섰다.

"놈을 잡아라!"

벌 떼처럼 더 많이 몰려오는 헤르메스 길드 유저들.

길드의 통신망을 사용해서, 벼르고 있던 강한 유저들이 만사를 제쳐 놓고 달려오고 있었다.

"여기까지군."

위드는 땅속으로 파고들어 갔다.

40개의 다리가 움직이면서 정면이 아니라 꼬리에서부터 거꾸로 땅을 파고들어 가서 사라져 버리는 기괴하고 경악스러운 모습.

"이게 뭐야……."

모여든 유저들을 허탈하게 만드는 장면이었다.

위드는 한참이나 떨어진 장소에서 다시 솟구쳤다.

"저쪽에 있다. 쫓아가자!"

"위드를 잡아라!"

어디서든 나타나서, 방심하고 있던 헤르메스 길드 유저를 잡아먹고 땅속으로 숨어들어 갔다.

정식으로 전투만 한 것도 아니었다.

땅속에 숨은 채로 더듬이만 살짝 내밀어서 주변을 탐색하다가 누군가 걸리면 혓바닥을 길게 뽑아서 날름 낚아챘다.

"사, 살려 줘!"

위드의 입속으로 그대로 끌려들어 가는 유저들.

활약은 그 정도에서 그치지 않았다.

그리폰 몇 마리가 탑에 갇혀 있는 것이 보였다.

조인족의 공격이나 대재앙으로 인하여 탑에 숨어서 나오지 못하고 있는 상태.

"내 밥이구나!"

위드는 땅을 박차고 솟구쳤다.

물컹꿈틀이의 무겁고 긴 몸은 땅을 벗어나서는 활약하지 못한다.

고작 5미터 정도를 뛰어오른 후에, 몸으로 탑을 감았다. 그 후에는 40개나 되는 다리를 이용하여 탑의 벽면을 비스듬히 올라가는 기행을 벌였다.

마침내 10층 정도에 뚫린 창문에서 그리폰들을 마주 볼 수 있었다.

위드는 그리폰을 죽이기 위해 공격할 필요조차 없었다.

쭈우우우웁!

혓바닥을 길게 뽑아서 다리를 붙잡아 억지로 끌어당기는 것으로 충분!

"크캬캬캬캿!"

거대한 입을 통째로 벌려서 저항하는 그리폰을 삼켰다.

"맛있군. 통닭의 느낌이야. 소금이 조금만 있었더라면 좋앉을 텐데."

사냥으로 산전수전 다 겪은 헤르메스 길드 유저들조차도 기겁하며 치를 떨었다.

"으아아… 괴물이야, 괴물!"

밝은 대낮에 보더라도 흉한 외모인데 늪과 안개 사이를 헤치며 종횡무진 다니는 모양새는 영락없는 최악의 악당 괴물.

하지만 그런 만큼 질기고 강했다.

끝을 모르는 듯한 막강한 생명력을 이용해 지하로 들어간 후에 상대적으로 해치우기 쉬운 하벤 제국군의 NPC들을 듬뿍 섭취했다.

영양분을 먹어서 생명력을 채우고 독가스를 보충한 후에는 헤르메스 길드 유저들이 모여 있는 곳에 분출했다.

뿌어어어어어엉!

"코, 코가 썩어 들어간다."

"숨을 쉬지 못하겠어……."

독 안개로 인해 멀리에서는 위드의 이런 활약을 볼 수가 없어서 북부 유저들의 전체적인 사기를 높이지는 못했지만 개인적인 실속은 충분히 챙겼다.

개개인이 강자들로만 구성되어 있는 헤르메스 길드 유저들은 잡아먹으면 스킬 숙련도, 경험치, 전리품에 이르기까지 최대로 얻을 수 있었다.

이보다 더한 보약이 따로 없었기 때문.

전투 한 번에 2~3개의 레벨을 쉽게 올릴 수 있을 정도였다.

"다음번에는 함께 사냥할 조각 생명체를 하나 만드는 것도 괜찮을지도… 아니면 동료들을 데려와도 좋겠군."

페일에게 머리 위에서 화살을 쏘라고 하거나, 이리엔에게 치료를 전담시켜도 된다.

조각 변신술이 괴물로 변해서 혼자 싸우는 게 아니라 대형 생명체의 몸을 한 채 동료들과 함께할 수 있도록 한 단계 더 업그레이드되는 것이다.

촤촤촤촤촤촤!

위드는 질퍽질퍽한 땅에서 진흙과 물을 헤치며 고속으로 전진했다.

40개의 발을 동시에 이용하여 달리는 속도는 말보다도 훨씬 빨랐다.

요새의 벽을 뚫거나 땅속을 통과하여 지나가면서, 헤르메스 길드 유저들이 보이면 혓바닥을 쭉 내밀었다.

날름, 꿀꺽!

심지어는 높은 곳에서 떨어지는 헤르메스 길드 유저들까지도 긴 혀로 낚아채서 입안으로 받아먹었다.

개구리가 혀를 쭉 내밀어서 파리를 잡는 것처럼 찰나의 순간에 이루어지는 신기에 가까운 몸동작.

따로 훈련을 받아서 되는 것이 아니었다.

정확한 동체 시력과 순간 포착, 그리고 정교한 혀의 움직임.

위드는 생명력이 떨어지면 땅속으로 파고들어 갔다가 적들이 방심하고 있을 때만 노려서 공격을 했다.

전투 중인 뒤를 치거나 골목 어귀에 숨어 있다가 낚아채는 정도는 기본이었다.

이윽고 60명 이상의 헤르메스 길드 유저를 잡아먹었을 때였다.

물컹꿈틀이의 배가 불룩불룩 튀어나오더니 곧 엄청난 에너지로 변해 입으로 튀어나왔다.

꺼어억!

–악취 분출!
살아 있는 생명들을 위협하는 냄새를 뿜어냈습니다.
7단계의 맹독입니다.
적의 생명력을 최대 18,700까지 낮추며, 기절과 마비, 둔화의 효과를 일으킵니다.
물컹꿈틀이의 새로운 공격 기술을 습득했습니다.

과식으로 얻은 종족 스킬.

이윽고 대재앙이 서서히 사라지기 시작했다.

질퍽대던 땅이 단단하게 굳어지고, 온통 피어올랐던 독 안개가 걷혀 갔다.

하벤 제국 측에서는 재빨리 정신을 차렸다.

"전군 공격 진형으로! 요새에 침입한 자들을 몰아낸다."

알카트라는 요새에 숨어 있던 병력을 지휘하여 북부 유저들을 몰아내려고 했다. 푸홀 요새를 되찾으면 다시 장기전으로 이끌면서 버티면 되니까.

하지만 북부 유저들은 기회를 놓치지 않았다.

"빼세요, 어서!"

"이쪽 밑기둥을 부수면 쓰러뜨릴 수 있어요."

푸홀 요새 안에서 전투가 벌어지다 보니 성벽을 지키는 병사들은 더 이상 남아 있지 않았다.

북부 유저들 중에는 건축가와 대장장이로 구성된 팀이 있었다.

아르펜 왕국의 건국과 발전에 있어서 빼놓을 수 없는 직업군이 바로 건축가.

"건축가들끼리 뭔가를 좀 해 볼 수 있지 않을까요?"

"요새의 구조를 파악해서 공격 루트를 정리할 수 있겠네요. 별 도움은 안 되지만……."

"전장에 뛰어들면요?"

"적을 죽이진 못해도 요새를 파괴할 수는 있을 것 같습니다."

건물 붕괴술!

하벤 제국군이 요새 내부에서 적과 싸우고 있는 동안 성벽의 벽돌을 빼 놓고 스킬을 펼쳤다.

대륙 최고의 건축가 미블로스와 북부를 대표하는 파보, 수많은 건축가들이 몰려들어서 작업을 했다.

쿠르르르릉!

이윽고 푸홀 요새의 성벽에 큰 균열이 생기면서 사람들이 충분히 통과할 수 있는 구멍들이 수없이 많이 생겨났다.

"으와, 길이 났다!"

유저들이 통과하는 모습을 본 건축가들은 그들을 막으려고 했다.

"안 됩니다. 붕괴가 계속 진행되고 있어서 위험……."

"끼얏호!"

듣는 척도 않고, 사람들은 두꺼운 성벽에 난 길을 따라서 냅다 달렸다. 떨어지는 돌 조각에 맞아 피해도 생겼지만 그냥 전진했다.

북부 유저들은 지난 전쟁을 경험하면서 깨달았다.

사람이 아무리 많더라도 빨리 움직이지 않으면 의미가 없다. 전투에 참여하지 않는 뒤쪽 병력은 전장에는 당장 아무런 도움도 되지 않는다. 하벤 제국군은 너무나도 막강하기 때문에 그들을 잠시라도 쉽게 내버려 두면 이기지 못한다.

물량을 기반으로 한 속도전!

─죽어도 빨리 죽자.

─느린 게 죄다.

전쟁을 경험한 유저들 사이에서 널리 알려지게 된 말이었다.

무작정 밀려오는 공격은, 북부 유저들의 레벨이나 전투력이 지난번과 크게 달라지지 않았음에도 3배 정도는 강하게 느껴지게 했다.

"미세요, 밀어!"

실제로 북부 유저들 중에서 인삼죽 부대 요원들이 특별 활동에 나섰다.

라인이 조금이라도 정체되면 앞으로 힘껏 밀어붙였다.

풀죽신교에서 세운 자체적인 작전은 '푸홀 요새에 북부 유저들을 최대한 많이 투입하기'였다.

복잡하지 않으면서도 효과는 뛰어난 전술이었다.

이제 푸홀 요새의 장점은 거의 사라지게 되었다. 북부 유저들이 마음껏 질주할 시간이었다.

검치는 숨을 깊게 들이마셨다.

"여긴 높구나."

와이번을 타고 구름을 뚫고 날아가는 이 기분.

그의 주변에서도 와이번들과 조인족들이 사범들과 제자들을 데리고 같이 날았다.

검치와 수련생들은 이번 전쟁에서 공수부대의 역할을 맡았다.

매번 막내 제자의 명령을 듣는 것 같아서 기분이 나쁠 때도 당연히 있었다.

"위험한 일이니 이건 아무나 못 하죠. 스승님과 사형들이니까 편하게 부탁드릴 수 있을 것 같습니다."

"그러니까 요새에서 같이 싸우자는 말이냐."

"네. 하지만 위험하니까 하지 않으셔도 됩니다. 같이 싸워주시면 도움이 되겠지만……. 참, 방송중계도 되니까 수억 명의 사람들이 보는 건 알고 계시죠?"

"수억 명이나?"

"월드컵 시청률보다도 높게 나오는 국가가 많거든요. 그리고 스승님도 이미 유명 인사잖아요."

막내 제자 위드의 말은 틀린 게 없었다.

검치와 검둘치를 비롯한 사범들, 방송에 얼굴을 자주 비친 수련생들은 요즘 들어 묘한 경험을 하고 있었다.

거리에 나가거나 지하철을 타거나 하면 그들을 쳐다보는 사람들이 생겼다.

'예전에는 눈을 마주치는 사람도 드물었는데.'

여학생들이 그들끼리 '그 사람 맞지?', '맞아.' 이런 대화를 나누는 걸 들으면 뿌듯해졌다.

'이래서 사람은 유명해지고 봐야 한단 건가.'

세계 검술 대회에서 우승하고도 얻지 못한 인기를 지금 누리고 있었다.

'다 죽여 주지. 강한 놈들과 싸우는 건 나도 원하는 바다.'

검치와 수련생들이 와이번과 조인족의 등을 빌려서 푸홀 요새의 하늘에 도착했다.

"밑으로 내려 드리겠습니다."

"여기까지 데려다준 것으로 충분하오."

친절한 조인족의 말을 가볍게 무시하며 검치는 하늘에서 뛰어내렸다.

입고 있던 가죽 망토를 펼쳐서 바람을 탔다.

로열 로드에서는 다소 무모한 행동도 절묘한 감각으로 극복할 수 있었으니!

"우리도 간다!"

사범들과 수련생들도 망토를 펼치며 하늘에서 뛰어내렸다.

푸홀 요새를 향하여 무섭게 활강하는 전사들!

바람을 타고 공중에서 몸을 뒤집어 가면서 적들을 향해 날아갔다.

"우리도 하늘에 적응하기까지는 상당한 시간이 걸렸는데."

조인족들이 감탄하고 있을 때였다.

검사백칠십사치가 부끄러운 듯이 말했다.

"저기… 저는 땅까지 내려 주실래요? 고소공포증이 좀 있어서."

"……."

북부의 고레벨 유저들도 헤르메스 길드 유저 사냥 팀을 구성했다.

아르펜 왕국의 건국 시기부터 이주한 유저들, 헤르메스 길드에 의해 영토를 빼앗기고 온 다양한 길드들.

모르는 사람이 들으면 섬뜩한 소리를 하며 칼을 쥐었다.

"헤르메스 길드 유저가 그렇게 맛있다며?"

"어디 한 놈만 걸려라. 너희한테 갖다 바친 세금이 얼마냐."

북부의 자유라는 대의를 위하여 싸우지만 헤르메스 길드 유저를 해치우면 복수도 이루고 실속도 챙길 수 있다.

위드가 이미 중앙 대륙과 북부 대륙에서 활동하며 헤르메스 길드 유저 사냥이 무엇인지를 방송국 중계를 통해서 수많은 사람들이 보게 했다.

초보부터 저레벨 유저들은 전쟁의 신 위드의 위용에 환호했지만, 고레벨 유저들에게는 의문이 생겼다.

"위드는 되는데 나는 안 될 이유가 뭐지?"

"적절한 기회만 잘 잡으면……."

고레벨 유저들은 물론이고 다크 게이머들까지 덤벼들었다.

이미 북부에서 헤르메스 길드 유저들을 몇 번이나 맛본

그들.

"위험하기는 해도 고소득이 중요한 거 아니겠어? 통닭이 아니라 갈비찜을 사 먹을 수 있으니 말이야."

헤르메스 길드 사냥을 위해 나선 유저들까지 푸홀 요새 내부로 들어왔다.

"우리도 병력은 많다. 성벽의 유리함에 의존한다면 전부 물리칠 수 있으리라!"

알카트라는 공수부대와 조인족 공격을 막으면서 쓸 수 있는 제국군을 지휘했지만 이제는 요새가 오히려 장애물이 되어 버렸다.

하늘과 방어탑을 북부 유저의 궁수들이 장악했으니 위치에 따른 불이익을 받았고, 건물과 성벽으로 인해 병력 지휘도 원활하게 이루어지지 않았다.

북부 유저들이 위드가 물컹꿈틀이로 파 놓은 커다란 땅굴까지 이용하게 되면서, 사방에서 고레벨 유저들이 수백 명씩 한꺼번에 솟구쳐 올랐다.

그들은 건물 점거나 지역 확보, 제국군 몰살 같은 데에는 관심이 없었다.

"헤르메스 길드 유저를 잡아라!"

지나다니는 헤르메스 길드 유저들만 골라서 무차별 공격!

평원의 대회전보다도 훨씬 불리하고 정신없는 상황에 놓이게 되었다.

도처에서 헤르메스 길드 유저들이 죽어 가고, 하늘에서는 조인족들이 설친다.

북부 유저들의 인해전술도 거듭되는 전쟁으로 크게 발전했다.

몇 배나 빠른 진격 속도와 땅과 하늘까지 동시에 이용하는 입체전!

전투가 계속되면서 1시간 정도 만에 2만 명에 달하는 헤르메스 길드 유저들 중 5,000여 명이 사망하고 말았다.

북부 유저들의 맹공을 막으며 내부적으로 사망자가 속출했다.

"카하하하핫, 내가 바로 검백일치다!"

떠들썩하게 싸움을 하는 검치와 수련생들.

북부 유저들 사이에서도 셀 수도 없이 많은 고레벨 유저들이 요새의 곳곳을 장악해 가고 있었다.

위드는 모습을 바꾸지 않고 여전히 물컹꿈틀이의 몸을 유지했다.

늪이 사라지고 안개가 걷히면서 종족의 특성에 따른 효과가 많이 약해졌지만 생명력이 높아서 안정적으로 싸울 수 있었다.

위드가 헤르메스 길드 유저들과 전투를 벌이는 장소로는 북부 유저들이 집중적으로 투입되었다.

"도우러 왔… 끄아아악!"

"위드 님, 영광입니다. 같이 싸울… 크헉!"

물컹꿈틀이의 외모에 놀라지 않는 유저가 없었다.

좀 어린 유저나 어른이나 할 것 없이, 위드와 함께 싸운다는 흥분으로 찾아왔다가 흠칫 놀라 고개를 다른 곳으로 돌렸다.

스걱스걱, 콰직콰지직, 끄어어어억, 퉤!

이상한 전투 소리까지 내는 위드와 함께 싸우기란 쉬운 게 아니었다.

하지만 불과 10분도 되지 않아서 북부 유저들 중에서 위드만 따라다니는 친위대가 생겨났다.

그들은 위드의 앞과 옆을 호위했을 뿐만 아니라 일부는 머리와 몸통에까지 올라탔다.

궁수 부대만 무려 400여 명을 태우고 전진하는 위드.

전쟁에 동원되는 거대한 전투 병기나 마찬가지였다.

북부 유저들은 이날을 회상하며 이렇게 말했다.

"이미… 이미 버린 몸이었어요."

"나 한 몸 희생해서……. 어차피 누군가는 해야 할 일이었으니까……."

"위드 님의 등에 서 있는 기분이 어땠냐고요? 등은 생각처럼 단단한 장소가 아니었어요. 발목까지 미끈거리고 물컹… 으허억! 생각나 버렸다! 아무튼 생김새뿐만 아니라 이상한 냄새까지 났답니다. 무척이나 묘한 냄새였지요."

"선택권이 없었어요. 그 앞에 있다가는 잡아먹힐 것 같았고, 먼저 올라간 사람들이 계속 부추겼거든요. 지금 생각해 보면 틀림없이 자기들만 당할 수는 없다는 생각인 거였겠죠."

하지만 모든 유저들이 물컹꿈틀이를 싫어하는 건 아니었다.

전투 중에 만난 몇몇 북부 유저들은 물컹꿈틀이를 향해서 절을 하거나 경례를 올리기까지 했다.

"아르펜 왕국 보병 27연대 소속 묻지마입니다. 국왕 폐하께… 충성!"

"저 순두부입니다. 이번에 레벨 220을 달성했어요. 꼭 기억해 주세요. 고등학교 중퇴하고 아르펜 왕국의 자유를 위해 싸울 작정입니다."

"저기, 살 좀 만져 봐도 돼여? 아, 겁나 멋있다."

북부 유저들 중에는 위드마저도 위축되는 취향을 가진 별별 희한한 사람들이 다 있었다.

뮬은 기다려 왔던 위드가 등장했다는 소식을 들었지만 대재앙으로 인하여 그 장소를 찾을 수 없었다.

늪의 안개가 걷히고 난 이후 푸홀 요새에 북부 유저들이 가득 차기 시작하자 그리폰 군단과 같이 출격을 준비했다.

"여기서 이대로라면 아무것도 안 된다. 그리폰을 대기시켜라."

그리폰의 덩치는 요새 내의 한곳에 모여 있기에는 너무 거대하다. 지하의 시설과 방어탑마다 분산되어 몇 마리씩 들어 있었다.

하늘은 활과 창을 든 조인족이 장악했으니 피해가 예상되는 상황이지만, 뮬은 출격하기로 각오를 다졌다.

"우리를 본 조인족들이 몸으로 덤벼 오겠지만 높은 하늘에만 올라간다면 우리의 세상이 될 것이다."

하벤 제국이 자랑하는 하늘의 창.

중앙 대륙에서 여타 명문 길드들과 왕국들을 떨게 만들었던 그리폰 군단의 출격 준비.

공중전에서는 피해를 입으면 지상으로 추락해서 목숨을 잃게 되기에 그리폰 부대를 아끼는 뮬로서는 쉬운 결정이 아니었다.

헤르메스 길드의 라이더들과 NPC 용기사들은 자신의 그리폰에게 말을 걸었다.

"삐약삐약."

"크키크키!"

일종의 정해진 암구호.

위드에 의해 뮬이 뒤통수를 맞고 나서부터 정해진 절차였다.

뮬도 자신의 그리폰에게 말을 걸었다.

"우르르골라."

그리폰은 앞발을 턱 하니 들었다.

"맞군. 가자."

뮬이 그리폰을 타고 숨을 가볍게 골랐다.

땅에 있는 지금이 가장 큰 위기다. 하지만 하늘 높은 곳까지 날아올라서 자유로움을 만끽한다면 그때부터 그들은 무적이 되리라.

뿌우우우우!

뿔피리 소리가 길게 울리자마자 그리폰들이 푸홀 요새의 탑과 지하 시설 등을 통해서 일제히 솟구치기 시작했다.

사방은 땅도 구름도 보이지 않을 만큼 조인족 천지.

"하늘로!"

그리폰 부대는 돌파 진형을 갖추고 수직으로 상승했다.

"끼야아악! 그리폰들이 나왔다."

"조인족 일제 공격!"

푸홀 요새를 공격하기 위해 흩어져 있던 조인족들이 벌 떼처럼 모여들었다.

지상이 아닌 하늘에서의 포위 공격은 덤벼드는 물량이나 속도 때문에 10배는 더 무섭다.

뮬이 함성을 질렀다.

"길을 열어라!"

용기사들은 긴 창을 휘둘러서 근처의 조인족들을 떨어뜨렸다.

일격 필살!

창에 맞기만 하면 회색빛으로 변해서 떨어지는 나약한 조인족들.

그리폰 부대는 단숨에 푸홀 요새 상공 30미터까지 솟아올랐다. 하지만 조인족들은 하늘을 온통 가득 채우고 있었다.

"덤벼! 싸워서 이기지 못하면 매달리기라도 하세요!"

더 높은 곳에서, 주변에서, 그리고 밑에서 따라오는 조인족들.

그리폰들은 쐐기형의 대형을 이루고 수직으로 상승했다.

위를 막는 조인족들은 창으로 거침없이 찌르고 베어 버리며 오로지 높은 곳을 향해 날아오른다.

이것이야말로 그리폰 라이더의 낭만!

하늘로 솟구치는 뮬과 그리폰 부대를 조인족들은 집요하게 괴롭혔다.

부리로 물거나 다리로 할퀴는 정도로는 강력한 그리폰 부대에 별 피해를 줄 수 없다. 또 그들은 붙잡기에는 너무 빨랐다.

과거였다면, 불과 얼마 전까지였다 해도 조인족들이 당황하여 잠깐 머뭇거리는 사이에 그대로 뚫려 버렸으리라.

하지만 지금 조인족들은 용기를 갖고 있었다.

"부딪쳐요!"

사방에서 조인족들이 머리를 앞세우고 전력으로 날아왔다.

그리폰 라이더의 공격에 의해 삼분의 일 정도가 목숨을 잃었지만 나머지는 그대로 충돌했다.

하늘에서의 충돌이라서 그리 큰 위력은 없었지만 문제는 그게 수십만 마리라는 점이다. 끝없이 밀려오는 조인족들의 충돌에 그리폰들은 밀려날 수밖에 없었다.

그 와중에 몇몇 조인족들이 그리폰의 다리와 날개를 붙잡고 매달리는 데에 성공했다.

"잡아요, 모두!"

그리폰 1마리에 100마리 이상의 조인족들이 들러붙었다.

"떨어져! 떨어지란 말이다!"

거머리처럼 달라붙는 조인족들.

레벨은 형편없이 낮아도, 그들의 발톱은 그리폰을 붙잡기에는 충분할 정도로 날카로웠다.

막중한 무게를 이기지 못하고 그리폰들은 점점 상승이 느려졌고, 날개에서는 힘이 빠져 갔다.

그리고 어느 순간 날개에 아무 힘이 없을 정도로 비행 능력을 상실하고 말았다.

"으어어어."

추락하는 그리폰들!

푸홀 요새로 다시 떨어지게 되면 그것은 곧 사망을 의미했다.

"이미 늦었다. 우린 하늘로 간다."

뮬과 다른 그리폰 라이더들은 아래쪽의 상황을 알면서도 상승을 그치지 않았다.

'하늘로 오른 이후에 충분한 활동 반경만 주어진다면 지금의 설욕은 할 수 있으리라!'

그러나 그들 위에 밀집한 조인족들은 뚫어도 뚫어도 끝을 알기 힘들 정도였다.

사방에서 밀려오는 조인족들에 의해서 그리폰들이 계속 줄어들었다.

뮬은 이를 악물었다.

전투를 통해서 생명력이 다 떨어져서 죽는 것이라면 누구라도 이해할 수 있으리라.

그렇지만 하늘이라는 특성 때문에 부딪치고, 무거워서 추락을 하게 되다니!

'반드시 되갚아 준다. 이 원한은……!'

조인족들이 날갯짓을 멈추고 비처럼 하늘에서 떨어지고 있었다.

뮬은 악착같이 조인족들을 돌파하고 그들이 쫓아오지 못할 정도로 높은 하늘까지 올랐다.

그때까지 뮬의 곁에 남아 있는 그리폰은 고작해야 300여기.

나머지는 푸홀 요새와 조인족들 사이에서 전투를 벌이고 있었다.

"이제 복수의 시간이 찾아왔다."

뮬이 그렇게 말할 때, 거대한 무엇인가가 다가왔다.

맑은 하늘과 태양 빛.

그 아래에서 형용할 수 없는 아름다움을 뽐내는 빙룡과 불사조.

황금새, 은새, 이무기, 와이번들도 그 뒤를 따르고 있었으며, 불의 거인과 금인이 등 조각 생명체들도 탑승하고 있었다.

북부를 되찾기 위한 전투. 그러나 조각 생명체들은 귀중하기 때문에 높은 하늘을 맴돌며 대기하고 있었는데 그리폰들이 나 잡아먹으라는 듯이 올라온 것이다.

"놈들부터 끝장내자."

뮬이 창을 들었다.

그리폰 부대에 서둘러 돌격 명령을 내려서 조각 생명체들을 상대로 이기고 다른 부하들을 구해야 했다.

빙룡이 거대한 입을 활짝 열었다.

"쿠와아아아아아아아아아!"

강렬한 드래곤 피어!

태어난 지 상당한 시간이 흐른지라 빙룡의 레벨도 이미

534나 되었다.

부지런히 사냥을 했다면 더 높은 레벨을 달성했겠지만, 아쉽게도 드래곤 특유의 게으름도 갖고 있었던 탓이다. 위드가 안 볼 때면 농땡이를 치거나, 차가운 설산의 꼭대기에서 며칠씩 잠을 잤다.

그럼에도 불구하고 성장한 빙룡은 다른 하위 종족들, 특히 그리폰과 같은 조류들을 강력하게 위축시켰다.

끼야아악!

그리폰들은 본능적인 공포심을 이기지 못하고 날갯짓을 느리게 하며 빙룡을 피하려 들었다. 일부는 지상이나 다른 쪽으로 방향을 바꿨지만 아예 추락을 하듯이 곤두박질치는 경우도 있었다.

"정신을 차려, 어서!"

그리폰 라이더들이 간신히 그들을 돌보는 사이에 불사조가 몸을 수십 배나 부풀리더니 활짝 펼쳤다.

깃털이 뿌려지면서 하늘에서부터 내리는 화염의 비!

그리폰들에게만 집중된 화염의 비는 비행 생명체에게는 아주 괴로운 것이었다.

깃털에 불이 붙기라도 한다면 그 데미지가 문제가 아니라 그리폰이 고통에 발광을 하면서 라이더들이 조종 능력을 상실했다.

뮬과 헤르메스 길드 유저들은, 그리폰 300여 기라면 그

합쳐진 전력은 조각 생명체들을 가뿐히 능가하리라고 생각했다.

그러나 단 2개의 스킬만으로 무려 삼분의 일 가까이의 그리폰들이 잠깐 동안이지만 전투가 불가능하게 되었다.

나머지 그리폰들도 공포에 눌려서 활동력이 저하되었다.

"으리햐!"

그때 와일이의 등에서 뛰어오른 워리어 바하모르그!

-빛의 일격!

선두에서 날아오는 그리폰의 등에 착지한 바하모르그는 양손도끼를 휘둘러 라이더를 해치웠다.

"베르사 대륙을 이끌었던 위대한 제국의 후예, 아르펜 왕국을 침략한 인간들이여! 너희의 투지가 고작 이 정도인가!"

바하모르그는 하늘에서 펄쩍펄쩍 뛰어다니며 그리폰들을 연달아서 전투 불능 상태로 만들었다.

뮬의 얼굴빛도 변했다.

"그때의 바하모르그다."

위드와 함께 그의 목숨을 빼앗아 간 장본인 중 하나.

바하모르그는 아무리 때려도 끄떡없을 정도의 맷집과 생명력 그리고 놀라운 힘을 가지고 있다.

뮬 역시 같은 그리폰 위에서 바하모르그와 전투를 벌인다면 솔직히 자신은 없었다.

"집중 공격해! 하늘에 있는 지금이 놈을 쓰러뜨릴 기회다."

뮬의 지휘에 따라서 돌격하던 선두의 그리폰들은 바하모르그를 향해서 쇄도했다.

그들의 목표는, 바하모르그를 꼭 죽일 필요까지는 없었다. 어쨌거나 발을 디딜 공간만 주지 않으면 된다.

바하모르그와 그가 타고 있는 그리폰을 향해서 아낌없이 창을 던졌다.

꺄우우우우!

바하모르그가 타고 있던 그리폰이 목숨을 잃었다.

더 이상 발을 디딜 공간이 없어서 땅으로 추락하려는 그때, 바하모르그의 등에서 빛으로 된 날개가 천사처럼 활짝 펼쳐졌다.

오랜만에 존재감을 과시하는 빛날이!

바하모르그는 빛의 날개의 힘으로 쏜살같이 날아다니며 그리폰들을 격파했다.

양손도끼를 들고 하늘을 질주하는 철혈의 워리어 바하모르그.

"우리도 가자, 꾸까악!"

와이번들 역시 비행이 주특기였다.

그들의 등에는 당연하게도 조각 생명체들이 타고 있었다.

금인이와 하이 엘프 엘틴은 화살을 쏘아 그리폰들을 정확하게 맞혔고, 게르니카와 세빌도 바하모르그를 따라서 하늘을 뛰어다녔다.

백호에게도 날개가 활짝 펼쳐졌으며, 불사조와 그의 등에 타고 있는 불의 거인의 활약 역시 무시할 수 없었다.

불사조와 불의 거인은 서로의 힘을 드높여 주는 상성을 가진 존재들.

근처에 다가가기만 해도 몸이 뜨거워져 그리폰들은 고통에 몸부림쳤다.

뮬이나 헤르메스 길드 유저들의 판단대로 그리폰들의 전력이 조각 생명체들을 상대로 하기에 충분할지도 모른다. 그리폰 군단은 기동력을 바탕으로 하늘을 지배하면서 지상의 군대와 싸우며 이점을 톡톡히 누려 왔기 때문이다.

하지만 조각 생명체들의 다양한 특성이야말로 적당한 규모의 전투에서는 몇 배의 위력을 발휘했다. 지상의 헤르메스 길드 유저들이 끼어들 수도 없는 하늘에서는 심지어 안전하기까지 하다.

"쿠콰카카카카카!"

빙룡이 숨을 한껏 들이마셔 몸을 크게 부풀리더니 입을 잔뜩 벌렸다.

과식으로 트림을 한 위드와는 달리, 이것은 진짜 아이스 브레스!

빙룡의 입에서부터 일직선으로 하늘을 꿰뚫으며 뮬에게로 아이스 브레스가 작렬했다.

하늘에서 격전이 펼쳐지자 지상에 있던 유저들의 고개도 위로 향했다. 상황을 정확히는 몰라도 하늘에서의 공방전이 푸홀 요새의 전황에 큰 영향을 미치게 될 것이다.

하지만 지상에서의 상황도 온통 난전이었다.

"돌격!"

푸홀 요새의 성벽은 곳곳이 무너져서 더 이상 큰 의미를 둘 수 없게 되었다. 그럼에도 잔해가 남아서 북부 유저들의 이동을 어렵게 만들었다.

하벤 제국군 측에서는 요새의 방어 시설을 이용하여 언데드들을 이끌고 수비를 했다.

헤르메스 길드 유저들과 제국군은 목숨을 잃으면 줄어들지만, 언데드는 소멸되지 않는 한 건재하다.

우수한 시체들이 늘어나고 있는 이때 그로비듄의 언데드 소환 마법은 갈수록 위력을 발휘했다.

"오너라, 지옥의 기사들이여!"

둠 나이트들이 100명 단위로 소환되어 북부 유저들을 학살했다.

죽음의 힘이 점점 짙어지고 있는 전장, 네크로맨서의 능력은 평소보다도 절반 이상 강해졌다.

"나 그로비듄이 전부 죽이고, 살려 주마."

네크로맨서 마법으로 인한 부작용을 감수해야 할 테지만 그로비듄은 흥분하고 있었다. 뒷일이야 어찌 되든 당장 발휘할 수 있는 힘과 능력에 취했다.

수많은 방송국들을 통해 자신의 활약상이 널리 퍼지게 될 거라는 생각이 머릿속에 가득했다.

'이 전쟁은 나 그로비듄을 세상에 확실하게 알릴 것이다.'

하벤 제국군은 물론이고 아르펜 왕국군까지 통틀어서 가장 큰 활약을 하고 있는 게 그로비듄이었으니 그런 생각을 할 만도 하다.

위드가 요새 안에서 헤르메스 길드 유저들을 곶감 빼먹듯이 해치우고는 있었으나 크게 눈에 띄지는 않았다.

그에 반해 그로비듄은 푸홀 요새의 성벽 근처에서 넓은 지역을 혼자 차지하고 언데드들의 질과 양을 늘리고 있었다.

'네크로맨서가 최강의 직업이란 걸 똑똑히 보여 주마. 위드도 리치로 활약했지만 나로 인해서 곧 잊히게 될 것이다.'

그의 지배력으로 감당 못할 정도의 언데드들은 통제에서 벗어나도록 내버려 뒀다.

언데드들은 살아 있는 자들을 공격하기 마련.

북부 유저들이나 하벤 제국군이나, 알아서 해치우거나 말거나 상관하지 않았다.

지상 최대의 언데드 군단, 불사의 군단을 일으켰던 바르칸처럼 되는 것이 그로비듄의 궁극적인 목표.

"저 네크로맨서부터 해치워야 합니다."

"무슨 수로… 언데드들이 너무 많아요. 최소 1,500마리 이상의 최상급 언데드들인데."

북부 유저들도 요새로 덤벼들다가 목숨을 잃을 만큼 잃었다.

언데드 군단이 차지하고 있는 영역이 너무 넓기에 그들을 돌아가서는 도저히 병력 투입이 원활하지 못했다.

북부의 고레벨 유저들도 여기저기 모여서 그로비듄을 상대하기 위한 작전을 짰다.

"조인족 친구들에게 지원을 요청하겠습니다. 동시에 협공을 가합시다."

"언데드들의 장벽이 놈을 막고 있는데…….."

"레인저들이 지형을 이용해서 뛰어넘으면 됩니다. 마무리는 저 네차크가 하겠습니다."

그러면서 네차크는 검을 들어서 보여 주었다.

"저 검은… 신검 가르고!"

"머리에 쓰고 있는 건 파고의 왕관이야."

"헤레인의 잔도 들고 있어."

네차크는 중앙 대륙에서 활동하던 유저였다.

현실에서도 가진 건 돈밖에 없을 정도의 타고난 자산가.

그는 중앙 대륙에서도 헤르메스 길드를 통해 도시를 구입해서 운영했다.

도시 아벤드.

성공적으로 운영되는 자유도시였지만 지루함을 느끼고 북부로 왔다.

"역시 난 모험가 체질이야. 경영은 지긋지긋해."

북부에서 모험을 즐기면서 그는 도시를 운영할 때보다도 더 많은 돈을 썼다.

모험을 하려다 보니 갖고 싶은 것이 너무 많았던 것이다.

해양 모험 퀘스트를 받고 나서는 사각 돛이 24개 달린 초대형 범선을 7척이나 구입할 정도였으니 그의 씀씀이는 가히 북부 최고라고 할 만했다.

"네차크 님이 계시니 우리 작전은 더 효과적이 될 것입니다. 헤레인의 잔을 통해서 물을 성수로 바꿔서 뿌리면 언데드들에게는 치명타니까요."

"파고의 왕관. 그 지휘 능력이면 전투력이 상당히 높아질 건데요. 네차크 님이 우리를 지휘해 주세요."

"어서 군대를 조직해 주세요!"

유저들의 열화와 같은 성원을 받으며 네차크는 군대를 만들었다.

그는 아르펜 왕국에 지금까지 쌓은 공적치로 기사 작위를 가지고 있었고 3만 명에 달하는 병력을 통솔할 자격도 얻은 상태였다.

띠링!

그때 누군가가 외쳤다.

"레벨 350 이상만 가입합시다!"

"너무 높은데……."

"그래야만 효율이 높습니다. 숫자만 많이 가 봤자 언데드
의 먹잇감밖에 안 돼요."

그 말이 울려 퍼지고 나서 불과 8초 정도 만에 네차크의
군대에는 인원이 가득 찼다.

띠링!

북부 유저들 역시 고레벨 유저들의 비율이 갈수록 높아지
고 있었다.

움직임이 무거운 그들은 무작정 요새로 뛰어들지 않고 기
회만 보고 있었는데, 조금 가능성이 보이자 군대에 속한 것
이다.

"레벨 400 이상만 가입합시다. 이미 가입되어 있는 그 이

하 분들은, 죄송하지만 탈퇴해 주세요."

"정말요? 그건 좀⋯⋯."

다시 정원을 모집했지만 역시나 6초 만에 정원 초과!

북부 유저들 중에서도 레벨이 높은 사람은 중앙 대륙의 이주민들로 구성되어 있었으니 애매한 300대가 아니라 400대가 많았다.

레벨 400이 넘는 3만 명의 고레벨 유저들.

수많은 북부 유저들 사이에 있었기에 오히려 흔적이 잘 남지 않았을 뿐이지, 충분한 실력자들이 흩어져 있었다.

"우린 아무것도 무섭지 않습니다. 갑시다!"

신검 가르고와 헤레인의 잔을 들고, 파고의 왕관까지 쓰고 있는 네차크가 선두에 섰다.

-파고의 왕관이 언데드의 기운과 접촉했습니다.
프레야 여신의 신성력으로 모든 병력의 흑마법 저항력을 46%만큼 높여 줍니다.
언데드에 입는 피해를 31%까지 감소시킵니다.
신체 회복 속도가 증가합니다.
언데드들을 쓰러뜨렸을 때 62% 확률로 그들을 정화합니다. 정화에 성공하면 일시적으로 생명력과 체력이 회복됩니다.

두려울 것이 없는 북부 유저들.

네차크와 3만 명의 병력은 그대로 언데드 군단을 뚫고 들어갔다.

신검 가르고의 힘에 의하여 근처 언데드들이 크게 위축되었지만 신경도 쓰지 않았다.

네차크의 군대에 들지 못했지만 나름 실력자라고 생각하는 이들 또한 3만 명 넘게 그들의 뒤를 따르며 언데드들을 처치했다.

수많은 풀죽신교의 무리 중에서 뿔뿔이 흩어져 있던 강자들이 뭉쳐서 언데드들을 정면으로 격파하는 것이었다.

막강한 사상 최대의 언데드들을 일으켜 놓고 있던 그로비듄은 끝까지 막아 보려고 했지만 역부족.

무한대로 솟구치던 마나도 신성력에 의해서 차단되었고, 언데드 군단은 유저들에 의해 하나씩 제압되었다.

일부 유저들과 함께 조인족들의 도움을 받아 언데드 군단의 한복판에 떨어진 네차크는 마침내 신검 가르고로 그로비듄을 베는 것에 성공했다.

-프레야 여신의 신성력이 당신이 가지고 있는 위험한 힘을 억제합니다.
네크로맨서 마법의 위력이 24% 감소합니다.
부정적인 마나의 폭주가 발생, 생명력과 마나의 최대치가 11% 줄어들었습니다.
15초 동안 언데드 소환 마법과 흑마법을 사용할 수 없습니다.

"아, 안 돼!"

그로비듄은 신검의 공격에도 죽진 않았지만, 그 여파로 인해 데리고 있던 언데드 군단 중 30%가 소멸되고 말았다.

"나를 보호해라!"

막상 전투가 완전히 불리해지자 그로비듄은 뒤쪽으로 도망을 치려고 했다. 그러나 조인족들이 몸으로 그가 빠져나가는 것을 막았다.

밀집한 곳에서 네크로맨서는 빠르게 이동할 수가 없었고, 언데드들이 격파되면서 마침내 그로비듄도 북부 유저들에 의해 포위되었다.

네차크와, 북부에서 뛰어난 실력을 가진 유저들 20명가량이 다가왔다.

그로비듄의 몸은 죽은 자의 힘으로 인한 부작용으로 이미 절반쯤은 해골로 변해 있었다.

그가 턱뼈를 달그락거리며 웃었다.

"운이 좋구나. 내 언데드 군단의 강대함을 신성력을 가진 무구와 숫자로 밀어붙이다니 인상적이었다. 하지만 다음번에는 이렇게 방심하지 않을 것이다."

북부 유저들을 상대로 충분히 실력을 과시했으니 마지막 최후를 맞이할 때에도 당당하고 싶었다.

이 모습은 수많은 방송국들을 통해 전 세계로 퍼져 나갈 게 아니던가.

가족이나 친구들에게도 끝까지 멋진 모습을 보여 주고 싶었다.

영웅이 된다면 광고 촬영이나 후원이 들어올 수도 있는 문제였으니까.

네차크가 신검 가르고를 높이 들며 큰 소리로 밝게 웃었다.

"푸하하하, 그릇된 힘에 빠져든 네크로맨서 그로비듄이여, 지금까지 너의 악행은 익히 보고 들었다."

"……?"

어딘가 무척 어색한 목소리.

네차크는 마치 수십 년 전의 영화에서나 나올 법한 연기 톤의 목소리를 내고 있었다.

"베르사 대륙의 평화를 어지럽힌 너를 프레야 교단의 명예 따라 성기사이며 아르펜 왕국의 기사인 나 네차크가 처단할 것이다!"

그러면서 네차크가 서서히 다가오는데, 어디선가 바드들이 나타나 악기를 연주했다.

전형적인 영웅의 행진곡!

"이 북부 대륙에 네가 발붙일 곳은 없다. 잘 가거라, 악당이여."

신검 가르고가 그로비듄의 가슴에 깊숙하게 꽂혔다. 그러자 몸속에서 시커먼 기운이 연기처럼 빠져나오며 하늘로 솟구쳤다.

악령처럼 빠져나가는 기운. 그리고 해골의 행색을 하고 있던 그로비듄의 몸은 신검 가르고의 힘을 이기지 못하고 산산 조각이 나기 시작했다.

　그로비듄은 최후를 맞이하기 전에 마지막으로 생각했다.

　'아, 안 돼. 이러면 내가 주인공이 아니라 저놈이 영웅이
되는 건데…….'

TO BE CONTINUED

꿈의 도약, 로크에서 하십시오
(주)로크미디어에서 신인 작가를 모십니다

즐거운 세상, 로크미디어는 꿈을 사랑하고 도전을 두려워하지 않는 작가 분들의 참신한 작품을 기다리고 있습니다. 21세기 장르 문학계를 이끌어 갈 차세대 선두 주자 (주)로크미디어에서 여러분의 나래를 활짝 펴 보시길 바랍니다.

모집 분야 판타지와 무협을 포함한 장르 문학

모집 대상 아마추어 작가, 인터넷 작가

모집 기한 수시 모집

작품 접수 시 유의 사항

1. 파일명은 작가명_작품명.hwp형식을 갖춰 주십시오.
1. 파일에 들어갈 내용은 다음과 같습니다.
   — 성명(필명인 경우 실명을 밝혀 주세요), 연락처, 이메일 주소.
   — 제목, 기획 의도.
   — A4용지 1장 분량의 등장인물 소개.
   — A4용지 2장 분량의 전체 줄거리.
   — 본문.
1. 작품이 인터넷에 연재되고 있다면, 게시판명과 사이트의 구체적이고 정확한 주소를 기재해 주십시오.

선택된 작품은 정식 계약 후 출판물로 간행되어 전국 서점에 유통됩니다.
작가 분은 (주)로크미디어의 전폭적인 지원하에 전속 작가로 활동하시게 됩니다.
※ 자세한 내용은 로크미디어 홈페이지(rokmedia.com)를 참조하세요.

(140 - 133)서울시 용산구 원효로97길 46 진여원빌딩 5층
(주)로크미디어 편집부 신간 기획 담당자 앞
전화 : 02 - 3273 - 5135
www.rokmedia.com   이메일 : rokmedia@empas.com

우리 교황님 좀 말려 주세요

판미손 퓨전 판타지 장편소설

비정상 교황님의
듣도 보도 못한 전도(물리) 프로젝트!

이세계의 신에게 강제로 납치(?)당한 김시우
차원 '에덴'에서 10년간 온갖 고생은 다 하고
겨우 교황이 되어 고향으로 귀환했건만……

경고! 90일 이내 목표 신도 숫자를 달성하지 못할 시
당신의 시스템이 초기화됩니다!

퀘스트를 달성하지 못하면 능력치가 도로 0이 된다고?
그 개고생, 두 번은 못 하지!

"좋은 말씀 전하러 왔습니다, 형제님^^"

※주의※ 사이비 아닙니다, 오해하지 마세요!

망한 가문의 검술 천재가 되었다

소구장 퓨전 판타지 장편소설

**역사에서도 잊힌 비운의 검술 천재
최강의 꼰대력으로 무장한 채
후손의 몸으로 깨어나다!**

만년 2위 검사 루크 슈넬덴
세계를 위협하던 마룡을 물리치며
정점에 이른 순간

이대로 그냥 죽어 다오, 나를 위해서.

라이벌인 멀빈 코넬리오에게 목숨을 잃……
……은 줄 알았는데,
200년 후의 몰락한 슈넬덴가에서 눈뜨다!
가족이라고는 무기력한 가주, 망나니 1공자뿐
망해 버린 가문을 살리기 위해
까마득한 조상님이 팔을 걷었다!

**설풍 같은 검술, 그보다 매서운 독설로
슈넬덴가를 정점으로 이끌어라!**